William Shakespeare, Christoph Martin Wieland

Der Sturm oder Die bezauberte Insel

Translation of The Tempest

William Shakespeare, Christoph Martin   Wieland

Der Sturm oder Die bezauberte Insel
Translation of The Tempest

ISBN/EAN: 9783337352288

Hergestellt in Europa, USA, Kanada, Australien, Japan

Cover: Foto ©Andreas Hilbeck / pixelio.de

Weitere Bücher finden Sie auf **www.hansebooks.com**

Der Sturm; oder: Die bezauberte Insel.

William Shakespeare

Übersetzt von Christoph Martin Wieland

Personen.

Alonso, König von Neapel.
Sebastian, dessen Bruder.
Prospero, rechtmässiger Herzog von Meiland.
Antonio, dessen Bruder, und unrechtmässiger Innhaber
von Meiland.
Ferdinand, Sohn des Königs von Neapel.
Gonsalo, ein ehrlicher alter Rath des Königs.

Adrian und Francisco, zween Herren vom Adel.
Caliban, ein wilder und mißgeschaffner Sclave.
Trinculo, ein Hofnarr.
Stephano, ein berauschter Kellermeister.
Schiffspatron, Hochbootsmann und Matrosen.
Miranda, Prosperos Tochter.
Ariel, ein Sylphe.
Iris, Ceres, Juno, Nymphen und Schnitter, Geister, die zu einer
allegorischen Vorstellung gebraucht werden.

Erster Aufzug.

Erste Scene.
(In einem Schiff auf dem Meer.)
(Man hört ein Getöse von einem heftigen Sturm, mit Donner und
 Blizen.)
(Der Schiffspatron und der Hochbootsmann treten auf.)

Schiffspatron.
Hochbootsmann —

Bootsmann.
Hier, Patron: Wie steht's?

Patron. Gut; redet mit den Matrosen; arbeitet mit den äussersten Kräften, oder wir gehen zu Grunde; greift an, greift an!

(Geht ab.)

(Etliche Matrosen kommen herein.)

Bootsmann. Hey, meine Kinder; munter, meine Kinder!
hurtig! hurtig! Zieht das Bramsegel ein! gebt auf des Patrons
Pfeifchen acht—Ey so blase, bis du bersten möchtest—

(Alonso, Sebastiano, Antonio, Ferdinand, Gonsalo, und
andre zu den
Vorigen.)

Alonso. Guter Hochbootsmann, habt Sorge; wo ist der
Schiffspatron? Haltet euch wie Männer!

Bootsmann.
Ich bitte euch, bleibt unten.

Antonio.
Wo ist der Patron, Hochbootsmann?

Bootsmann.
Hört ihr ihn denn nicht—ihr geht uns im Weg um; geht in
eure
Cajüte; ihr helft nur dem Sturm.

Gonsalo.
Nun, mein guter Mann, seyd geduldig.

Bootsmann.
Wenn's das Meer ist. Weg—was fragen diese Aufrührer nach
dem
Nahmen eines Königs? In die Cajüte—Still! hindert uns
nicht!

Gonsalo.
Ehrlicher Mann, besinne dich, wen du am Bord hast—

Bootsmann. Niemand, den ich lieber habe als mich selbst.

4

Ihr seyd ein Rath; wenn ihr diesen Elementen ein Stillschweigen auferlegen oder auf der Stelle den Frieden mit ihnen machen könnt, so wollen wir kein Thau mehr anrühren; braucht eure Autorität. Wenn ihr aber nichts könnt, so dankt dem Himmel, daß ihr so lange gelebt habt, und macht euch in eurer Cajüte auf das Unglük gefaßt, das alle Augenblike begegnen kan—Frisch zu, meine Kinder— fort aus dem Wege, sag ich.

(Er geht ab.)

Gonsalo. Dieser Kerl macht mir Muth; mich däucht, er sieht keinem gleich, der ersauffen wird, er hat eine vollkommne Galgen-Physionomie! halte fest an deiner Absicht, liebes Schiksal; mache den Strang, der ihm bestimmt ist, zu unserm Ankerseil, denn das unsrige hilft uns nicht viel: wenn er nicht zum Galgen gebohren ist, so steht es jämmerlich um uns.

(Sie gehen alle ab.)

(Der Hochbootsmann kommt zurük.)

Hochbootsmann. Herab mit dem Bramsteng; greift an, besser herunter, noch besser!— macht, daß nur das Schönfahrsegel treibt—

(man hört ein heulendes Geschrey hinter der Scene)

daß die schwehre Noth diß verfluchte Geheul— (Antonio, Sebastiano und Gonsalo kommen zurük.)—Sie überschreyen das Wetter und uns—Seyd ihr wieder da? Was thut ihr hier? Sollen wir aufgeben und ersauffen? habt ihr Lust dazu?

Sebastiano. Daß die Pest deine Gurgel—du bellender, lästerlicher unbarmherziger Hund!

Bootsmann.
So helft denn arbeiten.

Antonio. Geh an den Galgen, du Hund, an den Galgen; du
Hurensohn von einem unverschämten Polterer; wir
fürchten uns weniger vor dem Ertrinken als du.

Gonsalo.
Ich steh ihm fürs Ersauffen, und wenn gleich das Schiff
nicht
stärker wäre als eine Nußschaale, und so löchricht als eine—
(Etliche Matrosen von Wasser triefend treten auf.)

Matrosen.
Alles ist verlohren! Betet, betet; alles ist verlohren!

(Sie gehen ab.)

Bootsmann.
Wie, müssen wir uns in Wasser zu tode sauffen?

Gonsalo. Der König und der Prinz beten; wir wollen gehen
und ihnen helfen; denn es geht uns wie ihnen.

Sebastian.
Die Geduld ist mir ausgegangen.

Antonio.
Diese Trunkenbolde sind ganz allein Schuld, daß wir
umkommen—
Dieser weitgespaltene Schurke—Ich wollt' er läge so tief im
Meer,
daß ihn zehn Fluthen nicht heraus spülen könnten.

Gonsalo. Er wird doch noch gehangen werden, und wenn
jeder Tropfe Wasser dagegen schwören, und das Maul
aufsperren würde, ihn zu verschlingen.

(Man hört ein vermischtes Getös hinter der Scene.)

Wir scheitern, wir scheitern, wir sinken unter! Lebet wohl, mein
Weib und meine Kinder! Wir scheitern! wir scheitern!

Antonio.
Wir wollen alle mit dem König versinken.

(Geht ab.)

Sebastian.
Wir wollen Abschied von ihm nehmen.

(Geht ab.)

Gonsalo. Izt wollt' ich von Herzen gerne tausend Meilen See
für eine Jauchart dürren Boden geben, Heidekraut, Genister,
was man wollte— der Wille des Himmels geschehe! Doch
wollt' ich lieber eines troknen Todes sterben!

(Geht ab.)

Zweyte Scene.
(Verwandelt sich in einen Theil der bezauberten Insel,
unweit der
 Celle des Prospero.)
(Prospero und Miranda treten auf.)

Miranda. Wenn ihr, mein theurester Vater, diese wilden
Wasser durch eure Kunst in einen so entsezlichen Aufruhr
gesezt habet, o so leget sie wieder! Der Himmel, so scheint
es, würde stinkendes Pech herunterschütten, wenn nicht die
See, die bis an seine Wangen steigt, das Feuer wieder löschte.
O! wie hab' ich mit diesen Unglüklichen gelidten, die ich

leiden sah! Ein schönes Schiff (ohne Zweifel hatte es einige edle Geschöpfe in sich) ganz in Stüke zerschmettert—O das Geschrey schlug recht gegen mein Herz an. Die armen Seelen, sie kamen um! Hätte ich die Macht irgend eines Gottes gehabt, ich wollte eher das Meer in die Erde hineingesenkt haben, eh es dieses gute Schiff so verschlungen haben sollte, und die darauf befindlichen Seelen mit ihm.

Prospero. Fasse dich, meine Tochter; nicht so bestürzt; sage deinem mitleidigen Herzen, es sey kein Schaden geschehen.

Miranda.
O! unglüklicher Tag!

Prospero. Kein Unglük. Was ich gethan habe, hab' ich aus Fürsorge für dich gethan, für dich, meine Theure, meine Tochter, die du nicht weißst, wer du bist, oder von wannen ich hieher kam, noch daß ich etwas bessers bin als Prospero, Herr über eine armselige Celle, und dein nicht grösserer Vater.

Miranda.
Mir fiel niemals ein, mehr wissen zu wollen.

Prospero. Es ist Zeit, daß ich dir mehr entdeke. Lehne mir deine Hand, und ziehe mir dieses magische Gewand ab; so!

(er legt seinen Mantel hin)

lige hier, meine Kunst—Wische du deine Augen, beruhige dich. Dieses fürchterliche Schauspiel des Schiffbruchs, welches ein so zärtliches Mitleiden in deinem Herzen erregt hat, hab ich durch die Mittel, die meine Kunst mir an die Hand giebt, so sicher angeordnet, daß keine Seele zu Grunde gegangen ist, nein, nicht ein Haar von irgend einem dieser Geschöpfe, deren Geschrey du hörtest, die du sinken

8

sahst: Seze dich nieder, denn du must nun noch mehr wissen.

Miranda. Ihr habt oft angefangen mir sagen zu wollen, was ich sey, aber wieder inngehalten, und mich einem eiteln Nachsinnen überlassen, indem ihr allemal damit schlosset, halt! noch nicht—

Prospero. Die Stund' ist nun gekommen, und es ist keine Minute mehr zu verliehren. Höre dann und sey aufmerksam. Erinnerst du dich einer Zeit, eh wir in diese Celle kamen? Ich denke nicht, daß du es kanst; denn du warst damals noch nicht volle drey Jahre alt.

Miranda.
Ja, mein Herr, ich kan.

Prospero. Wobey dann? Bey irgend einem Haus oder einer Person? Sage mir, was es auch seyn mag, dessen Bild in deinem Gedächtniß geblieben ist.

Miranda.
Es ist in einer tiefen Entfernung, und eher einem Traum als einer
Gewißheit gleich, was mir die Erinnerung vorstellt. Hatte ich
nicht einst vier oder fünf Weiber, die mir aufwarteten?

Prospero. Du hattest, und mehr, Miranda. Aber wie kommt es, daß diß noch in deinem Gemüthe lebt? Was siehst du noch mehr in dem tiefen Abgrund der verflossenen Zeit? Wenn du dich noch an etwas erinnerst, eh du hieher kamst, so wirst du dich auch erinnern, wie du hieher kamst.

Miranda.
Nein, das thue ich nicht.

Prospero.
Es sind nun zwölf Jahre seit dieses geschah, Miranda; zwölf Jahre,
seit der Zeit, da dein Vater Herzog von Meiland und ein mächtiger
Fürst war.

Miranda.
Mein Herr, seyd ihr dann nicht mein Vater?

Prospero. Deine Mutter war ein Muster der Tugend, und sie sagte, du seyest meine Tochter; und dein Vater war Herzog von Meiland, und du seine einzige Erbin.

Miranda.
O Himmel! Was für ein schlimmer Streich trieb uns von dannen?
Oder war es unser Glük, daß es geschah?

Prospero. Beydes, beydes, mein Mädchen! Durch einen schlimmen Streich, wie du sagst, wurden wir von dort vertrieben, und glüklicher Weise hieher gerettet.

Miranda. O! mein Herz blutet, wenn ich an die Sorgen denke, die ich euch in einer Zeit gemacht haben werde, an die ich mich nicht mehr besinnen kan. Ich bitte euch, fahret fort.

Prospero. Mein Bruder, und dein Oheim, Antonio genannt, (ich bitte dich, merke auf)—daß ein Bruder fähig seyn konnte, so treulos zu seyn!— Er, den ich, nächst dir selbst, über alle Welt liebte, und dem ich die Verwaltung meines Staats anvertraute, der damals unter allen in Italien der erste, so wie es Prospero an Ansehen war, und an Ruhm in den Wissenschaften, die meine einzige Beschäftigung waren. Ich überließ also die Staatsverwaltung meinem Bruder, und wurd' ein Fremdling in meinem eignen Lande, so sehr riß mich die Liebe und der Reiz geheimnißreicher Studien dahin. Dein treuloser Oheim— Aber du giebst nicht Acht!

Miranda.
Höchst aufmerksam, mein Herr.

Prospero. Dein Oheim, sag ich, der in der Kunst ausgelernt war, wie er ein Gesuch bewilligen oder wie er es abschlagen, wen er befördern oder wen er wegen eines allzuüppigen Wuchses abschneiden sollte; schuf alle diejenigen um, die meine Creaturen waren; ich sage, er versezte sie entweder, oder er gab ihnen sonst eine andre Form; und da er den Schlüssel zu dem Amt und zu dem Beamteten hatte, stimmte er alle Herzen in dem Staat, nach dem Ton, der seinem Ohr der angenehmste war. Solchergestalt war er nun der Epheu, der meinen fürstlichen Stamm umwand, und sein Mark an sich sog—du giebst nicht Acht.

Miranda.
Ich thu es, mein werther Herr.

Prospero. Ich bitte dich, merke wohl auf. Da ich nun alle weltlichen Dinge so bey Seite sezte, und mich ganz der Einsamkeit und der Verbesserung meines Gemüths widmete, die in meinen Augen alles überwog was der grosse Hauffe hochschäzt, so erwachte meines Bruders schlimme Gemüthsart, und mein Zutrauen brütete eine Untreue in ihm aus, die so groß war als mein Zutrauen, welches in der That keine Grenzen hatte. Da er sich in dem Besiz meiner Einkünfte und meiner Gewalt sah, so machte ers wie einer, der durch häufiges Erzählen der nemlichen Unwahrheit einen solchen Sünder aus seinem Gedächtniß macht, daß er selbst nicht mehr weiß, daß es eine Unwahrheit ist; er hatte so lange die Rolle des Herzogs mit allen ihren Vorrechten gespielt, daß er sich zulezt einbildete, er sey der Herzog selbst—Hörst du mir zu?

Miranda.
Eure Erzählung, mein Herr, könnte die Taubheit heilen.

Prospero. Damit nun aller Unterschied zwischen der Person
die er spielte, und demjenigen, für welchen er sie spielte,
aufhören möchte, wollte er schlechterdings selbst Herzog in
Meiland seyn. Mir, armen Manne, dachte er, wäre mein
Büchersaal Herzogthums genug; zu allen Geschäften eines
Fürsten hielt er mich für ganz untüchtig. Er machte also ein
Bündniß mit dem König von Neapolis, und verstuhnd sich,
(so sehr dürstete ihn nach der Herrschaft), ihm einen
jährlichen Tribut zu bezahlen, und ihn als seinen
Lehnsherrn zu erkennen, seinen Fürstenhut der Crone
dieses Königs zu unterwerffen, und das bisher unabhängige
Herzogthum (armes Meiland!) unter ein schimpfliches Joch
zu beugen.

Miranda.
O Himmel!

Prospero. Höre nun die Bedingung die er ihm dagegen
machte, und den Ausgang; dann sage mir, ob das ein
Bruder war?

Miranda.
Es wäre Sünde, von meiner Großmutter etwas unedels zu
denken; gute
Eltern können schlimme Kinder haben.

Prospero. Nun die Bedingung: Dieser König von Neapel,
der mein alter Feind war, willigte mit Freuden in meines
Bruders Begehren, welches dahin gieng, daß er, gegen die
ihm zugestandne Abhänglichkeit, und ich weiß nicht wie
viel jährlichen Tribut, ungesäumt mich und die meinigen

12

aus dem Herzogthum vertreiben, und das schöne Meiland mit allen seinen Regalien meinem Bruder zu Lehen geben sollte. Nachdem sie nun zu Ausführung dieses Vorhabens eine verrätherische Kriegsschaar zusammen gebracht, öffnete Antonio in einer fatalen Mitternacht die Thore von Meiland, und in der Todesstille der Finsterniß schleppten die Diener seiner bösen That mich und dein schreyendes Selbst hinweg.

Miranda.
O weh! Ich will izt über diese Gewaltthat schreyen, da ich mich
nicht mehr erinnere, wie ich damals geschrien habe; eine geheime
Nachempfindung preßt diese Thränen aus meinen Augen.

Prospero.
Hör' ein wenig weiter, und dann will ich dich zu der gegenwärtigen
Angelegenheit bringen, die wir vor uns haben, und ohne welche diese
Erzählung sehr unbesonnen wäre.

Miranda.
Warum nahmen sie uns denn das Leben nicht?

Prospero. Die Frage ist vernünftig, Mädchen; meine Erzählung veranlaset sie. Sie durften es nicht wagen, meine Theureste, so groß war die Liebe die das Volk für mich hatte, sie durften es nicht wagen, ihre Übelthat durch ein blutiges Merkmal der Entdekung auszusezen, sondern strichen ihre boshaftigen Absichten mit schönern Farben an. Kurz, sie schleppten uns auf eine Barke, und führten uns etliche Meilen in die See, wo sie ein ausgeweidetes Gerippe von einem Boot, ohne Thauwerk, ohne Seegel, und ohne Mast zubereiteten, ein so armseliges Ding, das sogar die Razen, vom Instinct gewarnet, es verlassen hatten; und auf diesem elenden Nachen stiessen sie uns in die See, um den Wellen entgegen zu jammern, die uns heulend antworteten; und den Winden zuzuseufzen, deren wieder zurükseufzendes Mitleiden unsre Angst vermehrte, indem es sie lindern zu wollen schien.

Miranda.
Himmel! wie viel Unruhe muß ich euch damals gemacht haben!

Prospero. O! Ein Cherubim warst du, der mich beschüzte. Da ich von der Last meines Elends niedergedrükt, einen Strom von trostlosen Thränen in die See hinunter weinte, da lächeltest du mir mit einer vom Himmel eingegoßnen Freudigkeit entgegen, und erwektest dadurch den Muth in mir, alles zu ertragen, was über mich kommen würde.

Miranda.
Wie kamen wir denn ans Land?

Prospero. Durch Göttliche Vorsicht! Wir hatten einigen Vorrath von Speise und frischem Wasser, womit uns Gonsalo, ein Neapolitanischer Edelmann, dem die Ausführung dieses Geschäfts anbefohlen war, aus Gutherzigkeit und Mitleiden versehen hatte. Er hatte uns auch mit reichen Kleidern, leinen Geräthe und andern Nothwendigkeiten beschenkt, die uns seither gute Dienste gethan haben; und da er wußte wie sehr ich meine Bücher liebte, so verschafte mir seine Leutseligkeit aus meinem eignen Vorrath einige, die ich höher schäze als mein Herzogthum.

Miranda.
Wie wünscht' ich diesen Mann einmal zu sehen!

Prospero. Nun komm ich zur Hauptsache. Bleibe sizen, und höre das Ende meiner Erzählung. Wir kamen in dieses Eiland, und hier hab' ich, durch meine Unterweisungen, dich weiter gebracht als andre Fürsten können, die nur für ihre Lustbarkeiten Musse haben, und die Erziehung ihrer Kinder nicht so sorgfältigen Aufsehern überlassen.

Miranda. Der Himmel danke es euch! Aber nun bitte ich euch mein Herr, (denn ich höre dieses Ungewitter noch immer in meiner Einbildung) was war die Ursache, warum ihr diesen Sturm erreget habt?

Prospero. So wisse denn, daß durch einen höchst seltsamen Zufall, das mir wieder günstige Glük meine Feinde an dieses Ufer gebracht hat: Meine Vorhersehungs-Kunst sagt mir, daß ein sehr glüklicher Stern über meinem Zenith schwebt; allein sie sagt mir auch, daß wenn ich die wenigen Stunden seines günstigen Einflusses ungenüzt entschlüpfen lasse, mein Glük auf immer verscherzt seyn werde—Hier frage nicht weiter; du bist schläfrig; es ist eine heilsame Betäubung, gieb ihr nach; ich weiß daß du nicht anders kanst.

(Miranda schläft ein.)

Herbey, mein Diener, herbey; ich bin fertig. Nähere dich, mein
Ariel—Komm!

Dritte Scene.
(Ariel zu Prospero.)

Ariel. Heil dir, mein grosser Meister! Ehrwürdiger Herr, Heil dir! ich komme deine Befehle auszurichten; es sey nun zu fliegen oder zu schwimmen, mich in die Flammen zu tauchen, oder auf den krausen Wolken zu reiten; Ariel und alle seine Kräfte sind zu deinem mächtigen Befehl.

Prospero.
Hast du, o Geist, den Sturm so ausgerichtet, wie ich dir befahl?

Ariel. Bis auf den kleinsten Umstand. Ich kam an Bord des Königlichen Schiffes, und sezte, in Flammen eingehüllt, bald das Vordertheil, bald den Bauch, das Verdek und jede Cajüte in Schreken. Zuweilen theilt' ich mich, und zündet' es an etlichen Orten zugleich an, flammte in abgesonderten Klumpen Feuers auf dem Bramsteng, den Segelstangen und dem Bögs-Priet-Mast; dann floß ich wieder zusammen. Jupiters Blize selbst, die Vorläuffer fürchterlicher Donner-Schläge, sind nicht behender zu leuchten und wieder zu verschwinden; das schmetternde Gebrüll der schweflichten Flammen schien den allmächtigen Neptunus zu belagern, und seine kühne Woogen zittern zu machen, ja seinen furchtbaren Dreyzak selbst zu erschüttern.

Prospero. Mein wakrer, wakrer Geist! War einer unter diesen Leuten gesezt und standhaft genug, bey einem solchen Getöse Meister von sich selbst zu bleiben?

Ariel. Keine einzige Seele, die nicht, von fieberhaften Schauern geschüttelt, in irgend einen Ausbruch von Verzweiflung fiel. Alle, bis auf die Schiffleute, verliessen das Schiff, das ganz von mir in Flammen stuhnd, und stürzten sich in das schäumende Salzwasser. Ferdinand, des Königs Sohn, war der erste, der mit berg an stehendem Haar, eher Binsen als Haaren ähnlich, in die See sprang. Die Hölle ist leer, schrie er, und alle Teufel sind hier.

Prospero.

Gut, das ist mein Geist! Aber war es nahe genug am Ufer?

Ariel.
Ganz nah, mein Gebieter.

Prospero.
Sind sie alle errettet, Ariel?

Ariel. Es ist nicht ein Haar umgekommen, und auf ihren Kleidern ist nicht ein Fleken, sondern sie glänzen frischer als zuvor. Wie du mir befohlen hast, hab' ich sie truppenweise um die Insel her zerstreut: den Sohn des Königs hab ich ganz allein ans Land gebracht, und ihn in einem düstern Winkel der Insel verlassen, wo er mit verschlungnen Armen traurig dasizt, und die Luft mit seinen Seufzern abkühlt.

Prospero. Was hast du denn mit dem Schiffsvolk auf dem königlichen Schiffe, und mit dem ganzen Rest der Flotte gemacht?

Ariel. Des Königs Schiff ist unbeschädigt in Sicherheit gebracht. Ich hab es in eine tiefe Bucht der Bermudischen Inseln verborgen, wohin du mich einst um Mitternacht schiktest, Thau zu holen. Die Schiffleute, alle in den Raum zusammen gedrängt, habe ich in einen bezauberten Schlaf versenkt; die übrigen Schiffe der Flotte die ich zerstreut hatte, fanden sich wieder zusammen, und sind auf der mittelländischen See im Begriff traurig wieder heim nach Neapel zu segeln, in der Meynung, daß sie des Königs Schiff scheitern, und seine hohe Person umkommen gesehen haben.

Prospero. Ariel, du hast meinen Auftrag pünctlich ausgerichtet; aber es ist noch mehr Arbeit; wie viel ist es am Tage?

Ariel.

Höchstens zwey Stunden nach Mittag.

Prospero. Die Zeit zwischen izt und Sechse muß von uns beyden als höchst kostbar angewendet werden.

Ariel. Ist noch mehr zu thun? Da du mir so viel Mühe auflegest, so verstatte daß ich dich an etwas erinnre, so du mir versprochen und noch immer nicht gehalten hast.

Prospero.
Wie? du bist übel aufgeräumt? Was verlangst du denn?

Ariel.
Meine Freyheit.

Prospero.
Eh deine Zeit aus ist? Nichts mehr davon!

Ariel. Ich bitte dich, erinnere dich wie getreu ich dir gedient habe; ich sagte dir keine Lügen vor, ich machte nie eines für das andre, ich diente dir ohne Groll noch Murren; und du versprachest mir ein ganzes Jahr nachzulassen.

Prospero.
Hast du vergessen, von was für einer Marter ich dich befreyet habe?

Ariel.
Nein.

Prospero.
Du hast es vergessen, und hältst es für zuviel in dem sumpfichten
Grund des gesalznen Meeres für mich zu waten, oder auf dem scharfen
Nordwind zu rennen, oder in den Adern der hartgefrornen Erde meine

18

Geschäfte auszurichten.

Ariel.
Das thu ich nicht, mein gebietender Herr.

Prospero. Du lügst, boshaftes Ding. Hast du die scheußliche
Zauberin Sycorax vergessen, die von Alter und Neid in
einen Reif zusammengewachsen war? Hast du sie vergessen?

Ariel.
Nein, Herr.

Prospero.
Du hast; wo war sie gebohren? Sprich, erzähl es mir.

Ariel.
In Argier, mein Herr.

Prospero. So, war sie? ich muß alle Monat einmal mit dir
wiederholen was du gewesen bist, um dir das Gedächtniß
ein wenig anzufrischen. Diese verdammte Hexe Sycorax,
war wegen manchfaltiger Übelthaten und Zaubereysünden,
die zu ungeheuer sind, als daß ein menschliches Ohr sie
ertragen könnte, wie du weist, von Argier verbannt; um
eines einzigen willen das sie gethan hatte, wollten sie ihr das
Leben nicht nehmen. Ists nicht so?

Ariel.
Ja, mein Herr.

Prospero. Diese blauaugichte Unholdin ward schwängern
Leibes hiehergebracht, und von den Schiffleuten hier
zurükgelassen; du, mein Sclave, warest nach deiner eignen
Aussage, damals ihr Diener. Und weil du zu Verrichtung
ihrer irdischen und abscheulichen Aufträge ein zu zärtlicher
Geist warst, und ihre grossen Befehle ausschlugest; so
schloß sie dich in ihrer unerbittlichen Wuth, mit Hülfe ihrer

stärkern Diener in eine gespaltne Fichte, in deren Klamme
eingekerkert du zwölf peinvolle Jahre verharren mußtest, bis
sie starb und dich in diesem elenden Zustand ließ, worinn
du die Gegend umher, soweit als man das Getöse von
Mühlrädern hören kan, mit Ächzen und Winseln erfülltest.
Damals war dieses Eiland, (ausser einem Sohn, den sie hier
geworfen hatte, einen rothgeflekten ungestalten
Wechselbalg) mit keiner menschlichen Gestalt geziert.

Ariel.
Ja, Caliban ihr Sohn.

Prospero. Dummes Ding, das ists was ich sage; eben dieser
Caliban, den ich nun in meinen Dinsten habe. Du weist am
besten in was für einer Quaal ich dich hier fand; dein
Winseln machte Wölfe mit dir heulen, und durchbohrte die
wilde Brust des immerzürnenden Bärs; es war eine Marter,
wie die Verdammten ausstehen müssen, und Sycorax selbst
war nicht im Stande sie wieder aufzuheben: meine Kunst
war es, als ich hieher kam und dich hörte, welche die
bezauberte Fichte zwang sich zu öffnen, und dich
herauszulassen.

Ariel.
Ich danke dir, mein Gebieter.

Prospero. Wenn du noch einmal murrest, so will ich eine
Eiche spalten, und dich in ihr knottichtes Eingeweide
einklammern, bis du zwölf Winter weggeheult hast.

Ariel. Vergieb mir, mein Gebieter, ich will alle deine Befehle
vollziehen, und willig und behend in meinen Spükereyen
seyn.

Prospero.
Thue das, so will ich dich in zween Tagen frey lassen.

Ariel.
Das ist mein großmüthiger Meister! Was soll ich thun? Sage
was?
Was soll ich thun?

Prospero.
Geh, nimm die Gestalt einer Meernymphe an, aber mache
dich jedem
andern Auge als dem meinigen unsichtbar. Geh, und komm
in dieser
Gestalt wieder hieher; mache hurtig.

(Ariel verschwindt.)

Erwache, mein theures Herz, erwache, du hast wohl
geschlafen —
Erwache!

Miranda. Die Seltsamkeit eurer Geschichte hat meinen Kopf
ganz schwer gemacht.

Prospero. Muntre dich auf; komm mit, wir wollen den
Caliban meinen Sclaven besuchen, der uns niemals eine
freundliche Antwort giebt.

Miranda. Es ist ein Nichtswürdiger, mein Herr, ich mag ihn
nicht gerne ansehen.

Prospero. Und doch, so wie er ist können wir nicht ohne
ihn seyn; er macht uns unser Feuer, schaft unser Holz
herbey und thut uns Dienste, die uns zu statten kommen.
He! Sclave! Caliban! du Kloz du, gieb Antwort!

Caliban (hinter der Scene.)
Es ist Holz genug drinnen.

Prospero. Komm hervor, sag' ich, es ist eine andre Arbeit für dich da, komm, du Schildkröte! Nun, wie lange—

(Ariel erscheint in Gestalt einer Wasser-Nymphe.)

Eine artige Erscheinung! Mein muntrer Ariel, ich habe dir etwas ins Ohr zu sagen—

Ariel.
Es soll geschehen, mein Gebieter.

(Geht ab.)

Prospero. Du krötenmäßiger Sclave, vom Teufel selbst mit der Hexe, die dich gebohren hat, gezeugt! hervor!

Vierte Scene.
(Caliban zu den Vorigen.)

Caliban. Ein so schädlicher Thau, als jemals meine Mutter mit Rabenfedern von ungesundem Morast abgebürstet hat, träufle auf euch beyde! Ein Südwest blase euch an, und bedeke euch über und über mit Schwülen und Finnen!

Prospero. Für diesen guten Wunsch, verlaß dich drauf, sollt du diese Nacht den Krampf haben, Seitenstiche sollen deinen Athem einzwängen, und Igel sollen sich die ganze Nacht durch an dir ermüden; du sollt so dicht gekneipt werden, wie Honigwaben, und jeder Zwik soll schärfer stechen als die Bienen, die sie machen.

Caliban. Ich muß zu Mittag essen. Diese Insel ist mein, ich habe sie von Sycorax, meiner Mutter geerbt, und du hast sie mir abgenommen. Wie du hieherkamst, da streicheltest du mich, und thatest freundlich mit mir, gabst mir Wasser mit Beeren drinn zu trinken, und lehrtest mich, wie ich das grössere Licht und das kleinere, die des Tags und des Nachts brennen, nennen sollte; und da liebt ich dich, und zeigte dir die ganze Beschaffenheit der Insel, die frischen Quellen, und die salzigen, die öden und die fruchtbaren Gegenden. Verflucht sey ich, daß ich es that! Alle Zaubereyen meiner Mutter, Kröten, Schröter und Fledermäuse über euch! Daß ich, der vorher mein eigner König war, nun euer einziger Unterthan, und in diesen Felsen eingesperrt seyn muß, indessen daß ihr die ganze übrige Insel für euch allein behaltet.

Prospero. Du lügenhafter Sclave, den nur Schläge, statt Freundlichkeit, zähmen können; So ein garstiges Thier du bist, so hab ich dir doch mit menschlicher Fürsorge begegnet, und dich in meiner eignen Celle beherberget, biß du frech genug warst, meinem Kinde Gewalt anthun zu wollen.

Caliban. O ho! o ho!—Ich wollt' es wäre vor sich gegangen; du kamst zu früh dazu, sonst hätte ich diese Insel mit Calibanen bevölkert.

Prospero. Du abscheulicher Sclave, unfähig den Eindruk von irgend einer guten Eigenschaft anzunehmen, und zu allem Bösen aufgelegt! Ich hatte Mitleiden mit dir nahm die Mühe dich reden zu lehren, und wieß dir alle Stunden etwas neues. Da du nicht im Stand warst, du wilder, deine eigne Meynung zu entdeken, sondern gleich einem unvernünftigen Vieh nur unförmliche Töne von dir gabst, begabte ich deine Gedanken mit Worten, damit du sie andern verständlich machen könntest. Aber ungeachtet alles Unterrichts behielt die angebohrne Bosheit deiner Natur die Oberhand und machte deine Gesellschaft wohlgearteten Geschöpfen unerträglich; ich sah mich also gezwungen, dich in diesen Felsen einzusperren, und begnügte mich, deine Bosheit nur allein unwürksam zumachen, ob du gleich mehr als ein Gefängniß verdient hattest.

Caliban. Ihr lehrtet mich reden, und der ganze Vortheil den ich davon habe, ist daß ich fluchen kan; daß ihr die Pest dafür hättet, daß ihr mich reden gelehrt habt!

Prospero. Du Wechselbalg, hinweg! Bring uns Holz und Reiser zu einem Feuer hieher, und mache hurtig, damit ich dich zu andern Arbeiten gebrauchen kan. Zükst du die Achseln, du Unhold? Wenn du nicht thust was ich dir befehle, oder es unwillig thust, so will ich dich am ganzen Leibe mit krampfichten Zükungen foltern, alle deine Gebeine mit Schmerzen füllen, und dich heulen machen, daß wilde Thiere vor deinem Geschrey zittern sollen.

Caliban.
Nein, ich bitte dich.

(Für sich.)

Ich muß gehorchen; seine Kunst giebt ihm eine so grosse Gewalt, daß er im Stande wäre, meiner Mutter Gott Setebos zu bezwingen, und einen Vasallen aus ihm zu machen.

(Caliban geht ab.)

Prospero.
So, Sclave, hinweg!

Fünfte Scene.
(Ferdinand tritt auf; Ariel unsichtbar singend und spielend.)

Ferdinand. Wo kan diese Musik seyn? In der Luft oder auf der Erde?—Sie hat aufgehört—wahrhaftig es ist eine Anzeige, daß irgend eine Gottheit dieses Eiland bewohnt.

Indeme ich auf einer Sandbank saß, und den Untergang des Königs meines Vaters beweinte, schien diese Musik über die Wellen mir entgegen zu schleichen, und besänftigte durch ihre Lieblichkeit beydes ihre Wuth und meine Leidenschaft; ich folgte ihr bis an diesen Ort, oder sie zog mich vielmehr an;—Aber sie hat aufgehört—Nun beginnt sie von neuem.

Ariel (singt:)
Fünf Faden tief dein Vater ligt,
Sein Gebein ward zu Corallen,
Zu Perlen seine Augen-Ballen,
Und vom Moder unbesiegt,
Wandelt durch der Nymphen Macht
Sich jeder Theil von ihm und glänzt in fremder Pracht.
Die Nymphen lassen ihm zu Ehren
Von Stund zu Stund die Todtengloke hören.
Horch auf, ich höre sie, ding-dang, ding-dang—

Ferdinand.
Der Gesang spricht von meinem ertränkten Vater; diß ist nicht das
Werk eines Sterblichen, noch eine irdische Musik; izt hör ich sie
über mir.

Sechste Scene. (Prospero und Miranda nähern sich auf einer andern Seite dem Orte, wo Ferdinand steht.)

Prospero.
Ziehe die Vorhänge deiner Augen auf, und sage, was du dort siehest?

Miranda.
Was ist es? ein Geist?—Wie es umherschaut! Glaubet mir,

mein
Herr, es hat eine feine Gestalt. Aber—es ist ein Geist.

Prospero. Nein, Mädchen, es ißt und schläft, und hat solche
Sinnen wie wir haben, eben solche; und wenn es nicht von
Gram (der der Schönheit Krebs ist) in etwas entstellt wäre,
könnte man ihn eine ganz hübsche Person nennen. Er hat
seine Gefährten verlohren, und irret umher sie zu suchen.

Miranda.
Ich möchte ihn etwas Göttliches nennen, denn nie sah ich in
der
Natur eine so edle Gestalt.

Prospero (für sich.) Es geht, sehe ich, wie es mein Herz
wünschet—Geist, feiner Geist, für diß will ich dich in zween
Tagen frey lassen.

Ferdinand

(indem er Miranda gewahr wird.)

Ganz gewiß ist dieses die Göttin, deren Gegenwart jene
Harmonien ankündigten. Erlaubet meiner Bitte zu wissen,
ob ihr auf dieser Insel wohnet, und würdiget mich einer
Belehrung, wie ich mich hier zu verhalten habe? Mein erster
Wunsch, obgleich zulezt ausgesprochen, ist, o ihr Wunder!
zu wissen, ob ihr geschaffen seyd oder nicht?

Miranda.
Kein Wunder, mein Herr, aber ganz gewiß ein Mädchen.

Ferdinand.
Meine Sprache! Himmel! ich bin der Erste unter denen die
diese
Sprache reden; wär' ich nur da wo sie geredet wird.

Prospero. Wie? der erste? Was wärest du, wenn dich der König von Neapel reden hörte?

Ferdinand. Eine einzelne Person, wie izt, die sich wundert, dich vom König von Neapel reden zu hören. Er hört mich, und daß er mich höret, ist was ich beweine. Ich selbst bin nun der König von Neapel, da ich mit diesen meinen Augen, die seit dem niemals troken worden sind, den König meinen Vater im Schiffbruch umkommen gesehen habe.

Miranda.
Wie sehr dauert er mich!

Ferdinand.
Glaubet mirs, er kam um, er und alle seine Hofleute: der Herzog von
Meiland und sein edler Sohn waren dabey.

Prospero. Der Herzog von Meiland und seine noch edlere Tochter könnten dich eines bessern belehren, wenn es izt Zeit dazu wäre—

(vor sich.)

Beym ersten Anblik tauschten sie ihre Augen (Ariel, für diesen
Dienst sollt du frey seyn!)

(laut.)

Ein Wort mit euch, mein feiner Herr, ich fürchte ihr habt euch in einen schlimmen Handel verwikelt: Ein Wort—

Miranda.
Warum spricht mein Vater so unfreundlich? Diß ist der dritte Mann,
den ich jemals sah, und der erste, für den ich seufze. Möchte

Mitleiden meinen Vater so gesinnt machen wie mich!

Ferdinand. O, wenn ihr ein sterbliches Mädchen seyd, und eure Neigung noch frey ist, so will ich euch zur Königin von Neapel machen.

Prospero.
Sachte, mein Herr; Nur ein Wort—

(vor sich.)

Sie sind beyde eines in des andern Gewalt: aber ich muß diesem plözlichen Einverständniß Schwierigkeiten in den Weg legen, sonst möchte ein zu leichtgewonnenes Glük seinen Werth verringern—Herr, nur noch ein Wort; ich befehle dir, mir zu folgen. Du legst dir hier einen Namen bey, der dir nicht gebührt, du hast dich als einen Kundschafter in diese Insel eingeschlichen, um sie mir, ihrem Herren abzugewinnen.

Ferdinand.
Nein, so wahr ich ein Mann bin.

Miranda. Gewiß, es kan nichts böses in einem solchen Tempel wohnen. Wenn der böse Geist ein so schönes Haus hätte, gute Dinge würden bey ihm zu wohnen versucht.

Prospero. Folge mir—Rede du nicht für ihn, er ist ein Verräther. Komm, ich will dir Hals und Füsse zusammenfesseln, Seewasser soll dein Trank, und frische Bachbungen, dürre Wurzeln und Eicheln deine Speise seyn. Folge!

Ferdinand. Nein, eine solche Begegnung will ich nicht leiden, bis mein Feind der stärkere ist.

(Er zieht den Degen, und bleibt bezaubert und unbeweglich

stehen.)

Miranda. O mein theurer Vater, verfahret nicht so strenge
mit ihm; er ist ja liebenswürdig, nicht fürchterlich.

Prospero.
Wie, Mädchen, du willt mich meistern? Zieh dein Schwerdt,
Verräther! du willt den Herzhaften machen, und darfst
keinen
Streich führen? Bilde dir nicht ein, daß du dich wehren
wollest;
ich brauche nichts, als diesen Stab, dich zu entwaffnen, und
deinen
Degen fallen zu machen.

Miranda.
Ich bitte euch, mein Vater.

Prospero.
Weg, hänge dich nicht so an meinen Rok.

Miranda.
Mein Herr, habet Mitleiden, ich will Bürge für ihn seyn.

Prospero. Schweige, noch ein einziges Wort mehr wird
machen, daß ich dich ausschelte, oder gar hasse. Was? einem
Betrüger das Wort reden? husch! du denkst, es habe nicht
noch mehr solche Gesichter wie er ist, weil du nur den
Caliban und ihn gesehen hast; einfältiges Ding! gegen die
meisten Männer gerechnet, ist er nur ein Caliban, und sie
sind Engel gegen ihn.

Miranda. So sind meine Neigungen sehr demüthig, denn ich
habe kein Verlangen einen schönern Mann zu sehen.

Prospero. Komm mit, gehorche; deine Nerven sind wieder in
ihrer Kindheit, und haben keine Stärke mehr.

Ferdinand. So ist es; alle meine Lebensgeister sind wie in einem Traum, gefesselt. Aber meines Vaters Tod, die Schwäche die ich fühle, der Schiffbruch aller meiner Freunde, und die Drohungen dieses Mannes, dem ich unterworfen bin, würden mir leicht zu ertragen seyn, möchte ich nur einmal des Tages durch eine Öfnung meines Kerkers dieses holde Mädchen sehen: Die Freyheit mag von dem ganzen Rest der Erde Gebrauch machen; für mich ist Raum genug in einem solchen Kerker.

Prospero (für sich.)
Es würkt:

(laut)

folge mir! (du hast dich wohl gehalten, Ariel) folge mir.

(Zu Ariel.)

Höre, was du weiter zu verrichten hast.

(Er sagt dem unsichtbaren Ariel etwas in Geheim.)

Miranda (zu Ferdinand.) Fasset Muth, mein Herr; mein Vater ist von einer bessern Gemüthsart, als ihr aus seinen Worten schliessen könnt; sein iziges Betragen ist etwas ungewohntes.

Prospero (zu Ariel.) Du sollst so frey seyn als die Winde auf hohen Bergen; aber unter der Bedingung, daß du meinen Befehl in allen Puncten aufs genaueste vollziehest.

Ariel.
Nach dem Buchstaben.

Prospero.
Komm, folge mir! Sprich du nicht für ihn.

30

(Sie gehen ab.)

Zweyter Aufzug.

Erste Scene.
(Ein andrer Theil der Insel.)
(Alonso, Sebastian, Antonio, Gonsalo, Adrian, Francisco,
und andre
 Hofleute, treten auf.)

Gonsalo. Ich bitte euch, Gnädigster Herr, gutes Muths zu
seyn; wir haben alle Ursache zur Freude; denn unsre
Errettung geht weit über unsern Verlust. Das Unglük das
wir gehabt haben, ist etwas gemeines; jeden Tag hat irgend
eines Schiffers Weib oder irgend ein Kauffmann das
nehmliche Thema zu klagen; aber von einem solchen
Wunder wie unsre Erhaltung ist, wissen unter Millionen
nur wenige zu sagen. Wäget also, Gnädigster Herr, weislich
unsern Kummer gegen unsern Trost, und beruhiget euch.

Alonso.
Ich bitte dich, schweige.

[Sebastian.*
Er nimmt deinen Trost an, wie kalte Suppe.

{ed.-* Alle diese Reden, welche man zur Unterscheidung in [
] eingeschlossen, scheinen von einer fremden Hand,
vielleicht von Schauspielern, eingeschoben, um so mehr als
es nicht nur an sich sehr ungereimtes Zeug, sondern in dem
Mund unglüklicher schiffbrüchiger Leute eine höchst
unnatürliche und unschikliche Spaßhaftigkeit ist. Es

kommen noch mehr Reden von dieser Art in dem übrigen
Theil dieser Scene vor. Pope.}

Antonio.
Gonsalo wird sich nicht so leicht abweisen lassen.

Sebastian. Seht, er zieht seinen Wiz auf wie eine Taschenuhr,
den Augenblik wird er schlagen.

Gonsalo.
Gnädigster Herr—

Sebastian.
Eins; zählet, Antonio—

Gonsalo. Wenn einer einem jeden Verdruß der ihm aufstößt,
nachhängen will, so hat er nichts davon als—

Sebastian.
Einen Thaler.

Gonsalo.
(Dolores),** in der That, ihr habt besser gesprochen, als ihr
im
Sinne hattet.

{ed.-** Der frostige Spaß ligt in dem ähnlichen Schall der
Worte (dollar), und (dolour).}

Sebastian.
Und ihr habt es weislicher aufgenommen, als ich euch
zugetraut habe.

Gonsalo.
Folglich, gnädigster Herr—

Antonio.
Pfui, wie der Mann seine Zunge verschwendet!

Alonso.
Ich bitte dich, sey ruhig.

Gonsalo.
Gut, ich bin fertig; aber doch —

Sebastian.
Will er reden.

Antonio. Was wetten wir, wer von beyden, er oder Adrian
zuerst anfangen wird zu krähen?

Sebastian.
Der alte Hahn.

Antonio.
Der junge.

Sebastian.
Gut, was wetten wir?

Antonio.
Ein Gelächter.

Sebastian.
Es bleibt darbey.

Adrian.
Obgleich diese Insel wüste scheint —

Sebastian.
Ha, ha, ha—So, ihr seyd bezahlt.

Adrian.
Unbewohnbar, und in der That ganz unzugangbar —

Sebastian.
So kan sie doch —

Adrian.
So kan sie doch —

Antonio.
So kan er doch nicht weiter —

Adrian.
Nicht anders, als von einer subtilen zärtlichen und
angenehmen
Temperatur seyn.

Antonio.
(Temperantia) war ein hübsches Mensch.

Sebastian.
Ja, und subtil, wie er auf eine sehr gelehrte Art angemerkt
hat.

Adrian.
Die Luft weht uns hier recht lieblich an —

Sebastian.
So lieblich, als ob sie eine faule Lunge hätte.

Antonio.
Oder als ob sie von einem Morast parfümirt würde.

Gonsalo.
Man findet alles hier, was zu einem angenehmen Leben
gehört.

Antonio.
In der That, ausser nichts zu essen.

Sebastian.
Nun, das eben nicht.

Gonsalo.

Wie frisch und anmuthig das Gras aussieht! wie grün!

Antonio.
In der That, der Boden ist braungelb.

Sebastian.
Mit einem Gedanken von grün vermengt.

Antonio.
Er trift es doch nicht übel.

Sebastian. Nicht übel; es ist weiter nichts, als daß er die
Wahrheit ganz und gar verfehlt.

Gonsalo.
Das seltsamste aber, und was in der That allen Glauben
übersteigt—

Sebastian.
Wie manche Raritäten der Reisebeschreiber—

Gonsalo. Ist, daß unsre Kleider, ungeachtet sie im Meer
wohl durchnezt worden, nichts destoweniger Farbe und
Glanz behalten haben; man sollte eher denken, sie seyen
noch einmal gefärbt, als vom Seewasser beflekt worden.

Antonio.
Wenn nur eine von seinen Taschen reden könnte, würde sie
ihn nicht
Lügen strafen?

Gonsalo.
Mich dünkt, unsre Kleider sehen so neu aus, als wie wir sie
in
Africa das erstemal anzogen, da der König seine schöne
Tochter
Claribella mit dem Könige von Tunis vermählte.

Sebastian. Es war eine lustige Hochzeit, und die Heimreise schlägt uns recht wohl zu.

Adrian.
Tunis hat noch nie die Ehre gehabt, eine Königin von so seltnen
Vollkommenheiten zu haben.

Gonsalo.
Seit der Wittwe Dido Zeiten nicht.

Antonio. Wittwe? daß der Henker die Wittwe! Wie kommt diese Wittwe hieher? warum Wittwe Dido?

Sebastian. Und wie, wenn er noch gesagt hätte: Wittwer Äneas? Euer Gnaden nehmen ihm auch alles zum schlimmsten auf.

Adrian. Wittwe Dido, sagtet ihr? Dabey fällt mir auch etwas aus der Schule ein. Dido war von Carthago, nicht von Tunis.

Gonsalo.
Aber Tunis, mein guter Herr, war einst Carthago.

Adrian.
Carthago?

Gonsalo.
Das versichre ich euch, Carthago.

Antonio.
Sein Wort ist über die wunderthätige Harfe Amphions.

Sebastian.
Es richtet die Mauren mit samt den Häusern auf.

Antonio.

Was für unmögliche Dinge wird er nun zustande bringen?

Sebastian. Ich denke, er wird auf der Heimreise diese Insel in seine Tasche steken, und sie seinem Buben statt eines Apfels nach Hause bringen.

Antonio.
Und die Kerne davon in das Meer säen, damit er eine junge Zucht von
Inseln kriegt.

Alonso.
Wie, wovon sprecht ihr?

Gonsalo.
Gnädigster Herr, wir redten davon, daß unsre Kleider noch so neu
aussehen, als wie wir sie zu Tunis auf eurer Tochter Vermählungsfest trugen.]

Alonso. Ihr erinnert mich zur Unzeit an das, worüber ich mir selbst nur allzuviel Vorwürfe mache—Wollte der Himmel, ich hätte meine Tochter nie zu Tunis verheurathet! Weil ich dahin reißte, hab ich meinen Sohn verlohren, und meiner Rechnung nach, sie dazu; da sie soweit von Italien entfernt ist, daß ich sie nimmer wiedersehen werde. O du mein Erbe von Neapel und Meiland, was für einem Meer-Ungeheuer bist du zur Speise geworden!

Francisco. Sire, verhoffentlich lebt er noch. Ich sah ihn die entgegenschwellenden Wellen unter ihm wegschlagen, und auf ihrem bezwungenen Rüken reiten; er erhielt sein kühnes Haupt immer über ihnen empor, und steurte sich selbst mit starken Armen ans Ufer, welches sich über seine von den Wellen abgespülte Basis in die See hinaus bog, als ob es ihm eine Zuflucht darbieten wollte. Ich zweifle nicht, er kam lebendig ans Land.

Alonso.
Nein, nein, er ist nicht mehr.

Sebastian. Sire, diesen grossen Verlust habt ihr niemand zu
danken als euch selbst, da ihr eure Tochter lieber an einen
Africaner verliehren, als unser Europa mit ihr beglükseligen
wolltet.

Alonso.
Ich bitte dich, sey ruhig.

Sebastian. Wir alle ermüdeten euch ihrentwegen mit Bitten
und Kniefällen, und die schöne Seele selbst wog zwischen
Neigung und Gehorsam, wohin sich das Wagzünglein
neigen sollte. Ich besorge, wir haben euern Sohn auf ewig
verlohren; Meiland und Neapel haben mehr Weiber, die
dieses Geschäfte zu Wittwen gemacht hat, als wir Männer
mitbringen sie zu trösten. Der Fehler ist euer eigen.

Alonso.
So wie der gröste Verlust.

Gonsalo.
Prinz Sebastian, wenn ihr gleich die Wahrheit sagt, so sagt
ihr sie
doch auf eine unfreundliche Art, und zur Unzeit; ihr reibt
die
Wunde, da ihr ein Pflaster drauf legen solltet.

Sebastian.
Wohl gesprochen!

Antonio.
Und sehr chirurgisch!

Gonsalo. Sire, es ist schlimmes Wetter bey uns allen, wenn Euer Majestät bewölkt ist.

Sebastian.
Schlimmes Wetter?

Antonio.
Sehr schlimmes.

Gonsalo.
Hätte ich eine Pflanzstätte in dieser Insel anzulegen, Gnädigster
Herr —

Antonio.
So würd' er Brenn-Nessel-Saamen drein säen.

Sebastian.
Oder Kletten und Pappel-Kraut.

Gonsalo.
Und wäre der König davon, was würd' ich thun?

Sebastian.
Euch wenigstens nicht betrinken, denn ihr hättet keinen Wein.

Gonsalo. Die Einrichtung des gemeinen Wesens müßte mir gerade das Wiederspiel von allen unsrigen seyn; denn ich wollte keine Art von Handel und Wandel gestatten; Von Obrigkeitlichen Ämtern sollte nur nicht der Name bekannt seyn; Von allen Wissenschaften sollte man nichts wissen; Kein Reichthum, keine Armuth, kein Unterschied der Stände; nichts von Käuffen, Erbschaften, Marchen, Grenzsteinen, Braachfeldern noch Weinbergen; Kein Gebrauch von Metall, Korn, Wein oder Öl; Keine Arbeit, alle Leute müßig, alle, und die Weiber dazu; aber alles in

Unschuld. Keine Oberherrschaft —

Sebastian.
Und doch wollt' er König davon seyn.

Antonio.
Das Ende von seiner Republik vergißt den Anfang***

{ed.-*** Dieses ganze Gespräch ist eine feine Satyre über die
Utopischen Tractate von Regierungsformen, und die
schimärischen und unbrauchbaren Entwürfe, die darinn
angepriesen werden. Warbürton.}

Gonsalo. Alle Dinge sollten gemein seyn; die Natur sollte
alles von sich selbst hervorbringen, ohne Arbeit und
Schweiß der Menschen. Keine Verrätherey, keine Übelthaten,
folglich auch kein Schwerdt, kein Spieß, kein Messer, kein
Schießgewehr, kurz keine Nothwendigkeit von irgend
einem Instrument; denn die Natur sollte aus eignem Trieb
alles in Überfluß hervorbringen, was zum Unterhalt meines
unschuldigen Volkes nöthig wäre.

Sebastian.
Würde man denn in seiner Republik nicht auch heurathen?

Antonio.
Heurathen? Nichts weniger; lauter müßiges Volk, Huren
und
Spizbuben.

Gonsalo.
Ich wollte mit einer solchen Vollkommenheit regieren,
Gnädigster
Herr, daß das goldne Alter selbst nicht damit in
Vergleichung
kommen sollte.

Sebastian.
Der Himmel schüze seine Majestät!

Antonio.
Lang lebe Gonsalo!

Gonsalo.
Ihr versteht mich doch—

Alonso.
Ich bitte dich, hör auf; du unterhältst mich mit einem
Gespräch von
Nichts.

Gonsalo.
Das glaub ich Euer Majestät, und ich that es bloß, um
diesen beyden
Herren Gelegenheit zum Lachen zu geben; denn sie haben
so reizbare
und zärtliche Lungen, daß sie immer über nichts zu lachen
pflegen.

Antonio.
Wir lachten über euch.

Gonsalo. Der in dieser Art von Spaßhaftigkeit gegen euch
nichts ist; ihr könnt also fortfahren, über nichts zu lachen.

Antonio.
Das hat eine Ohrfeige seyn sollen?

Sebastian.
Wenn sie nicht neben bey gefallen wäre.

Gonsalo. Ihr seyd tapfre Herren; ihr würdet den Mond aus
seinem Kreise heben, wenn er nur fünf Wochen nach
einander ohne abzunehmen scheinen würde.

41

(Ariel erscheint, den redenden Personen unsichtbar, mit einer ernsthaften und einschläfrenden Musik.)

Sebastian.
Das wollten wir, und dann auf den Vogel-Heerd.

Antonio (zu Gonsalo.)
Nein, mein guter Herr, werdet nicht böse.

Gonsalo. Ich stehe euch davor, daß ich zu gescheidt bin über eure Einfälle böse zu werden. Wollt ihr mich in den Schlaf lachen? denn ich bin ganz schläfrig.

Antonio.
Geht, schlaft und hört uns zu.

Alonso. Wie? Alle schon eingeschlafen! Meine Augen schliessen sich auch, möchten sie meine Gedanken zugleich verschliessen!

Sebastian. Sire, wiedersteht dem Schlummer nicht, der sich euch anbietet. Er besucht selten den Kummer, und wenn er's thut, ist er ein Tröster.

Antonio. Wir zween, Gnädigster Herr, wollen indessen daß ihr der Ruhe geniesset, für eure Sicherheit wachen.

Alonso.
Ich danke euch—eine wunderbare Schläfrigkeit! —

(Alle schlaffen, ausser Sebastian und Antonio.)

Sebastian.
Was für ein seltsamer Taumel ist das, der sich ihrer bemeistert?

Antonio.

Die Beschaffenheit des Clima muß daran Ursache seyn.

Sebastian. Warum sinken dann unsre Auglieder nicht auch?
Ich spüre nicht die mindeste Schläfrigkeit.

Antonio. Ich auch nicht; meine Lebensgeister sind ganz
munter. Sie fielen alle hin als ob sie es mit einander
abgeredet hätten, sie sanken um, wie vom Donner gerührt.
Was könnte, würdiger Sebastian—O! was könnte—Nichts
weiter!—Und doch, dünkt mich, ich seh es in deinem
Gesicht, was du seyn solltest. Die Gelegenheit sagt es dir,
und meine Einbildungs-Kraft sieht eine Krone über deinem
Haupte schweben.

Sebastian.
Wie? wachest du?

Antonio.
Hört ihr mich denn nicht reden?

Sebastian. Ich höre dich, aber wahrhaftig es sind Reden
eines Schlafenden; du sprichst im Schlaf. Was sagtest du? Es
ist ein seltsamer Schlaf, mit weitofnen Augen zu schlafen;
stehen, reden, sich bewegen, und doch so hart
eingeschlaffen seyn!

Antonio. Edler Sebastian, du lässest dein Glük schlafen.
Stirb lieber! du wachest mit geschloßnen Augen.

Sebastian.
Du schnarchest verständlich; es ist Bedeutung in deinem
Schnarchen.

Antonio. Ich bin ernsthafter als meine Gewohnheit ist. Seyd
auch so, wenn ich euch rathen darf; und es wird euer Glük
seyn, euch rathen zu lassen.

Sebastian.
Gut, ich bin stehendes Wasser.

Antonio.
Ich will euch fliessen lehren.

Sebastian.
Thue das; stehen lehrt mich meine angeerbte Trägheit.

Antonio. O! wenn ihr nur wißtet, wie sehr ihr meinen
Vorschlag liebet, ob ihr ihn gleich zu verwerfen, wie ihr
euch immer mehr darinn verwikelt, je mehr ihr euch loß zu
winden scheint. Langsame Leute werden oft durch ihre
Zagheit oder Trägheit nur desto schneller auf den Grund
gezogen.

Sebastian. Ich bitte dich, sprich deutlich. Dein Blik und
deine glühende Wange verkündigen, daß du mit irgend
einem grossen Vorhaben schwanger gehst, von dem du so
voll bist, daß du es nicht länger zurükhalten kanst.

Antonio. Hier ist es, Prinz. Ungeachtet dieser Höfling,
schwachen Angedenkens (es wird gewiß seiner wenig
gedacht werden, wenn er einmal eingescharrt ist) den König
beynahe überredet hat (denn er ist ein Geist der
Überredung, er kan sonst nichts als überreden) daß sein
Sohn noch lebe; so ist es doch so unmöglich, daß er nicht
im Wasser umgekommen seyn sollte, als daß der schwimmt,
der hier schläft.

Sebastian. Ich habe keine Hoffnung, daß er mit dem Leben
davongekommen seyn möchte.

Antonio. O sagt mir nichts von Hoffnung—Was für grosse
Hoffnung hättet ihr— die Hoffnung ligt nicht auf diesem
Wege; es ist ein andrer, der zu einer so hohen Hoffnung
führt, daß der Ehrgeiz keinen Blik dahin thut, ohne an der

Würklichkeit dessen was er sieht zu zweifeln. Wollt ihr mir
eingestehen, daß Ferdinand umgekomen ist?

Sebastian.
Ich glaub es.

Antonio.
So sagt mir dann, wer ist der nächste Erbe von Neapel?

Sebastian.
Claribella.

Antonio. Sie, welche Königin von Tunis ist; sie, die zehen
Meilen hinter einem Menschenalter wohnt; sie, die von
Neapel nicht eher eine Nachricht haben kan, (es wäre denn
daß die Sonne der Postillion seyn wollte, der Mann im
Monde wäre zu langsam) bis neugebohrne Kinne bärtig
worden sind; sie, um deren willen wir vom Meer
verschlungen worden; obgleich einige, die wieder
ausgeworfen worden, von diesem Zufall Gelegenheit
nehmen mögen, eine Scene zu spielen, wovon das
Vergangne der Prologus ist;

Sebastian.
Was für Zeug ist das? Was sagt ihr? Es ist wahr, meines
Bruders
Tochter ist Königin von Tunis, sie ist auch Erbin von
Neapel, und
zwischen diesen beyden Reichen ist ein ziemlicher Raum.

Antonio. Ein Raum, wovon jede Spanne auszuruffen
scheint: wie? soll diese Claribella uns nach Neapel zurük
messen? Sie mag in Tunis bleiben, und Sebastian mag
erwachen. Sagt mir, gesezt was sie izt befallen hat wäre der
Tod, nun denn, sie wären nicht weniger gefährlich als sie izt
sind; es giebt jemand, der Neapel eben so gut regieren kan

als der so schläft; Leute genug, die so langweilig und unnöthig plaudern können als dieser Gonsalo; ich selbst wollte eine eben so geschwäzige Dole machen können. O! daß ihr mein Herz hättet! was für ein vortheilhafter Schlaf wäre diß für euch! Versteht ihr mich?

Sebastian.
Mich däucht ja.

Antonio.
Und wie gefällt euch euer gutes Glük?

Sebastian. Ich erinnre mich, daß ihr euern Bruder Prospero aus dem Sattel hubet.

Antonio.
Das that ich, und seht wie wohl mir meine Kleider stehen; meines
Bruders Diener waren einst meine Gesellen, izt sind sie meine Leute.

Sebastian.
Aber euer Gewissen —

Antonio. Nun ja, Herr; wo ligt das? Wenn es ein Hünerauge wäre, so müßt' ich in Pantoffeln gehen; aber in meinem Busen fühl ich diese Gottheit nicht. Hätten zehen Gewissen zwischen mir und Meiland gestanden, sie hätten gefrieren und wieder aufthauen mögen so oft sie gewollt hätten, ohne mich zu beunruhigen. Hier ligt euer Bruder — nicht besser als die Erde worauf er liegt, wenn er das wäre, was er izt zu seyn scheint, todt; mit drey Zollen von diesem gehorsamen Stahl kan ich ihn auf ewig einschläfern; ihr, wenn ihr eben das thun würdet, könntet diesen altfränkischen Moralisten, diesen Sir Prudentius befördern, damit er uns keine Händel machen könne. Was die übrigen

46

betrift, das sind Leute die sich berichten lassen; sie werden
uns die Gloke zu einem jeden Geschäfte sagen, das unserm
Angeben nach, in dieser oder jener Stunde gethan werden
muß.

Sebastian.
Dein Beyspiel, theurer Freund, soll mein Muster seyn; Ich
will
Neapel gewinnen wie du Meiland. Zieh deinen Degen; Ein
einziger
Streich soll dich von dem Tribut befreyen, den du bezahlst,
und zum
Liebling eines Königs machen.

Antonio.
Ziehet auch, und wenn ich mit dem Arm aushohle, so fallet über
Gonsalo her.

Sebastian.
O! nur ein Wort noch —

(Ariel erscheint mit Musik.)

Ariel. Mein Gebieter, der die Gefahr worinn seine Freunde sind, vorhersah, sendet mich, da sein Entwurf von ihrem Leben abhangt, sie zu erhalten.

(Er singt dem Gonsalo ins Ohr:)

Ihr schlaft und schnarchet sorgenfrey,
Weil mördrische Verrätherey
Zu euerm Unglük wacht.
Auf, auf, seht den gezükten Tod
Der euerm sichern Naken droht;
Erwacht! Erwacht! Erwacht!

Antonio.
So laß uns schnell seyn.

Gonsalo.
Ha, ihr guten Engel, beschüzt den König!

(Alle erwachen.)

Alonso. Wie, was ist dieses? ha! Erwachet! Warum steht ihr mit entblößtem Degen? Warum solche gespenstmäßige Blike?

Gonsalo.
Was ist begegnet?

48

Sebastian. Weil wir hier standen für die Sicherheit eurer
Ruhe zu wachen, hörten wir eben izt ein holes Gebrüll wie
von Ochsen, oder vielmehr von Löwen. Erwachtet ihr nicht
daran? Es schallte recht fürchterlich in meine Ohren.

Alonso.
Ich hörte nichts.

Antonio.
O! es war ein Getös, eines Ungeheuers Ohr zu erschreken,
ein
Erdbeben zu verursachen; gewiß es war das Gebrüll einer
ganzen
Heerde von Löwen.

Alonso zu (Gonsalo.)
Hörtet ihr's?

Gonsalo. Auf meine Ehre, Sire, ich hörte ein Sumsen, und
das ein recht seltsames, wovon ich erwachte. Ich rüttelte
euch, Gnädigster Herr, und schrie; wie ich meine Augen
aufthat, sah ich ihre Degen gezogen; es war ein Getöse, das
ist die Wahrheit. Das beste wird seyn, wenn wir auf unsrer
Huth stehen, oder diesen Ort gar verlassen. Wir wollen
unsre Degen ziehen.

Alonso.
Wir wollen weiter gehen, und fortfahren meinen armen
Sohn zu suchen.

Gonsalo. Der Himmel schüze ihn vor diesen wilden Thieren;
denn er ist gewiß in der Insel.

Alonso.
Laß uns alle gehen.

Ariel.

Prospero mein Gebieter soll sogleich erfahren, was ich
gethan habe.

Geh König, geh unversehrt, und suche deinen Sohn.

Zweyte Scene.
(Eine andre Gegend der Insel.)
(Caliban mit einer Bürde Holz beladen tritt auf; man hört
donnern.)

Caliban. Daß alle anstekenden Dünste, so die Sonne aus
stehenden Sümpfen und faulen Pfüzen saugt, auf Prospero
fallen, und ihn vom Haupt bis zur Fußsole zu einer Eiter-
Beule machen möchten! Ich weiß wohl, daß mich seine
Geister hören, aber ich kan mir nicht helfen, ich muß
geflucht haben. Und doch würden sie mich nicht kneipen,
nicht in Gestalt von Stachelschweinen erschreken, in den
Koth tauchen, noch gleich Feuerbränden mich des Nachts
in Moräste verleiten, wenn er es ihnen nicht befehlen
würde. Um einer jeden Kleinigkeit willen hezt er sie an
mich; bald in Gestalt von Affen, die um mich herum
schäkern, und zulezt mich beissen; bald gleich Igeln, die
zusammengeballt in meinem Fußweg ligen, und wenn ich
über sie stolpre, ihre strozenden Stacheln in meine Fußsolen
drüken. Manchmal werd ich am ganzen Leibe von Ottern
wund gebissen, die mit ihren gespaltenen Zungen so
abscheulich um mich herum zischen, daß ich toll werden
möchte. Holla! he! was ist das? (Trinculo tritt auf.) Hier
kommt einer von seinen Geistern, mich zu quälen, daß ich
das Holz nicht bälder hineingetragen habe. Ich will auf den
Bauch hinfallen; vielleicht wird er meiner nicht gewahr.

Trinculo. Hier ist weder Busch noch Gesträuch, worunter
einer sich verkriechen könnte, und ein neuer Sturm ist im

Anzug; ich hör ihn im Winde sausen; jene schwarze grosse Wolke wird alle Augenblike wie mit Eymern herunterschütten. Wenn es noch einmal so donnert wie vorhin, so weiß ich nicht, wo ich meinen Kopf verbergen soll— Ha! was giebts hier—Mensch oder Fisch! todt oder lebendig? es ist ein Fisch, es riecht wie ein Fisch, ein verflucht mooßichter fischmäßiger Geruch—ein wunderseltsamer Fisch. Wär' ich izt in England, wie ich einst drinn war, und hätte diesen Fisch nur gemahlt, kein Feyrtags-Narr ist dorten, der mir nicht ein Silberstük dafür gäbe, wenn ich ihn sehen ließ. Dort würde diß Ungeheuer für einen Menschen passiren; eine jede abentheurliche Bestie passirt dort für einen Menschen;* wenn sie nicht einen Pfenning geben, einen lahmen Bettler aufzurichten, so geben sie zehne, um einen todten Indianer zu sehen—Füsse wie ein Mensch; und seine Floßfedern wie Arme! Warm, bey meiner Treu! Ich denke bald, es wird wohl kein Fisch seyn: es ist, denk ich, ein Insulaner, den der lezte Donnerschlag zu Boden geschlagen haben wird. Au weh, das Ungewitter ist wieder da. Das beste wird seyn, ich krieche unter seinen Regenmantel; es ist sonst nirgends kein Ort zu sehen, wo man im troknen seyn könnte. Die Noth kan einen Menschen mit seltsamen Bettgesellen bekannt machen. Ich will mich hier zusammenschrumpfen, bis der ärgste Sturm vorbey ist.

{ed.-* Ich kan mich nicht erwehren zu denken, daß unsre Landsleute diese Satyre wohl verdienen, da sie allezeit so bereitwillig gewesen, die ganze Zunft der Affen zu naturalisiren, wie ihre gewöhnlichen Namen zu erkennen geben. So kommt (Monkey), nach der Etymologisten Anmerkung von (Monkin, Monikin), ein Männchen, her; (Baboon) von (babe), Kind, soviel (weil die Endigung in (oon) eine Vergrösserung andeutet) als ein grosses Kind, (Mantygre), ein Mensch-Tyger. Und wenn sie ihre Namen aus ihrem Vaterlande mitgebracht haben, wie (Ape), so hat das gemeine Volk sie gleichsam getauft, durch den Zusaz (Jackan-Ape,) Hans-Aff. Warbürton.}

(Stephano tritt singend auf.)

Stephano.

(Singt das Ende eines Matrosen-Liedleins.)

Das ist eine verzweifelt melancholische Melodie, das liesse sich gut an einem Leichbegängniß singen. Aber hier ist mein Trost.

(Er trinkt, und singt wieder.)

Das ist auch eine schwermüthige Melodie; aber hier ist mein Trost.

(Er trinkt.)

Caliban.
Quäle mich nicht, oh!

Stephano. Was giebts hier? haben wir Teufels hier?** Wollt ihr uns mit wilden und indianischen Männern in einen Schreken jagen? ha! ich bin dem Ersauffen nicht entgangen, um mich vor euern vier Füssen hier zu fürchten—

{ed.-** Diese Stelle soll vermuthlich die abgeschmakten Fabeln in des alten Ritter (Maundeviles) Reisebeschreibung lächerlich machen, der unter anderm erzählt, (to have traveled thro' an enchaunted Vale, clepen the vale of Develes, which vale is alle fulle of Develes—and Men seyne there, that it is on of the entrees of Helle.)—"Er sey durch ein bezaubertes Thal gereist, das Thal der Teufel genannt, welches Thal voller Teufel sey, und die Leute sagen, es sey einer von den Eingängen in die Hölle." Eben dieser Autor hat in seinen Nachrichten von wilden Männern und Indianischen Menschen alle die Fabeln des Plinius von Menschen mit langen Ohren, einem Auge, einem Fuß ohne Kopf u. dergl. ausgeschrieben, und so davon gesprochen, als ob er sie selbst gesehen habe. Warbürton.}

Caliban.
Der Geist quält mich, oh!

Stephano. Das wird irgend ein vierbeinichtes Ungeheuer aus dieser Insel seyn, das hier das Fieber gekriegt hat—Aber wie zum Teufel hat es unsre Sprache gelernt? Ich will ihm eine kleine Herzstärkung eingeben, und wenn es auch nur darum wäre, weil es italienisch spricht. Wenn ich es wieder zu rechte bringen, zahm machen, und nach Neapel mit ihm kommen kan, so ist es ein Präsent für einen so grossen Kayser, als jemals einer auf Kühleder getreten ist!

Caliban. Quäle mich nicht, ich bitte dich; ich will mein Holz ein andermal bälder heimbringen.

Stephano. Er ist izt in seinem Paroxismus, und redt nicht zum gescheidtesten; er soll meine Flasche kosten. Wenn er noch niemals Wein getrunken hat, so wird es nahe zu sein Fieber vertreiben; wenn ich ihn wieder zurecht bringen und zahm machen kan, so will ich nicht zuviel für ihn nehmen; er soll für den zahlen, der ihn hat, und das wie sichs gehört.

Caliban. Bisher hast du mir doch nicht viel leids gethan; aber izt wirst du's thun müssen; ich spüre an deinem Zittern, daß Prospero auf dich würkt.

Stephano. Kommt hervor, macht euer Maul auf; hier ist etwas das dir die Sprache geben wird, Meerkaze; macht euer Maul auf! das wird eure Fröste wegschütteln, ich kan's euch sagen, und das wie sich's gehört; es weiß einer nicht, wo er von ungefehr einen guten Freund findt; die Kinnbaken auf, noch einmal!

Trinculo. Ich sollte diese Stimme kennen—ich denk', es ist— Aber er ist ertrunken, und das sind Teufels—O heiliger Sanct—

Stephano. Vier Füsse und zwoo Stimmen, das ist ein recht feines Ungeheur; seine fordere Stimme spricht gutes von seinem Freund; seine hintere Stimme stößt böse Reden und Verläumdungen aus. Ich will ihm von seinem Fieber helfen, und wenn aller Wein in meiner Flasche drauf gehen sollte. Komm, Amen! ich will dir etwas in dein Maul giessen —

Trinculo.
Stephano—

Stephano.
Ich glaube dein andres Maul ruft mich; Barmherzigkeit! Barmherzigkeit! das ist ein Teufel und kein Monster: ich will ihn
gehn lassen, ich habe keinen langen Löffel.

Trinculo.
Stephano, wenn du Stephano bist; so rühre mich an, und sag es mir;
denn ich bin Trinculo, fürchte dich nicht, dein guter Freund Trinculo.

Stephano. Wenn du Trinculo bist, so komm hervor, ich will dich bey den dünnern Beinen ziehen, wenn hier welche Trinculo's Beine sind, so müssen es diese seyn. Du bist würklich Trinculo, in der That. Wie kamst du dazu, der Siz von diesem Mondkalb zu seyn?

Trinculo. Ich bildete mir ein, er sey vom Donner erschlagen. Aber wie, bist du nicht ertrunken, Stephano? Ich will nun hoffen, du seyst nicht ertrunken; ist der Sturm vorbey? Ich verbarg mich unter des todten Monkalbs Regenmantel aus Furcht vor dem Sturm; und lebst du noch Stephano? O Stephano, zween Neapolitaner entronnen!

Stephano. Ich bitte dich, dreh mich nicht so herum, mein Magen ist noch nicht wieder am rechten Ort.

Caliban. Das sind hübsche Dinger, wenn es keine Kobolde sind; das ist ein braver Gott, und trägt ein himmliches Getränk bey sich; ich will vor ihm niederknien.

Stephano. Wie bist du davongekommen? Wie kamst du hieher? Schwöre bey dieser Flasche, wie kamst du hieher? ich rettete mich auf einem Faß voll Sect, den die Matrosen über Bord geworfen hatten; das schwör' ich bey dieser Flasche, die ich mit eignen Händen aus der Rinde eines Baums gemacht habe, seit der Zeit, da ich ans Land geworfen wurde.

Caliban.
Ich will auf diese Flasche schwören, daß ich dein getreuer Unterthan seyn will; denn der Saft ist nicht irdisch.

Stephano.
Hier, schwör dann—Wie wurdest du errettet?

Trinculo. Ich schwamm ans Ufer, Mann, wie eine Ente; ich kan schwimmen wie eine Ente, das schwör' ich!

Stephano. Hier, küß das Buch; wenn du schwimmen kanst wie eine Ente, so kanst du trinken wie eine Gans.

Trinculo. (Nachdem er einen Zug aus der Flasche gethan:) O Stephano, hast du noch mehr dergleichen?

Stephano.

Das ganze Faß, Mann. Mein Keller ist in einem Felsen an der Meer-
Seite. Wie stehts, Mondkalb, was macht dein Fieber?

Caliban.
Bist du nicht vom Himmel herunter gekommen?

Stephano.
Aus dem Mond, das versichr' ich dich; es war eine Zeit, da ich der
Mann im Mond war.

Caliban. Ich habe dich drinn gesehen; und ich bete dich an; meine Mutter zeigte dich mir, dich und deinen Hund und deinen Busch.

Stephano. Komm, schwör auf diß; küß das Buch; ich will es bald wieder mit einem neuen Inhalt versehen; schwöre!

Trinculo. Beym Element, das ist ein recht abgeschmaktes Ungeheuer! Ich sollt es fürchten? Ein recht abgeschmaktes Ungeheuer! Der Mann im Mond? ein höchst dummes leichtgläubiges Ungeheur!—Ein guter Zug, Ungeheuer! in vollem Ernst.

Caliban. Ich will dir jeden fruchtbaren Plaz in der Insel zeigen, und ich will dir die Füsse küssen; ich bitte dich, sey mein Gott.

Trinculo.
Beym Element, ein höchst treuloses besoffenes Ungeheuer; wenn sein
Gott eingeschlafen seyn wird, wird er ihm die Flasche stehlen.

Caliban.
Ich will dir die Füsse küssen; ich will schwören, daß ich

dein
Unterthan seyn will.

Stephano.
So komm dann, auf den Boden nieder, und schwöre!

Trinculo. Ich werde mich noch über dieses puppenköpfige
Ungeheuer zu tode lachen! ein höchst schwermüthiges
Ungeheuer! ich hätte gute Lust, ihn eins abzuprügeln—

Stephano.
Kom, küsse!

Trinculo.
Wenn das arme Ungeheuer nicht besoffen wäre; ein
vermaledeytes
Ungeheuer!

Caliban. Ich will dir die besten Quellen zeigen; ich will dir
Beeren pflüken, ich will für dich fischen, und dir Holz
genug schaffen. Daß die Pest den Tyrannen dem ich diene!
Ich will ihm keine Prügel mehr zutragen, sondern mit dir
gehen, du wundervoller Mann!

Trinculo. Ein höchst lächerliches Ungeheuer, aus einem
armen besoffnen Kerl ein Wunder zu machen.

Caliban. Ich bitte dich, laß dich an einen Ort führen, wo
Holzäpfelbäume wachsen, ich will dir mit meinen langen
Nägeln Trüffeln ausgraben; ich will dir ein Nußheher-Nest
zeigen, und dich lehren, die schnelle Meerkaze zu fangen;
ich will dir Büschel von Haselnüssen bringen, und dir
manchmal junge Gemsen vom Felsen holen. Willt du mit
mir gehen?

Stephano. Ich bitte dich, zeig uns den Weg ohne längeres
Geschwäze. Trinculo, da der König und alle unsre ehmalige

Gefehrten im Wasser umgekommen sind, so wollen wir von dieser Insel Besiz nehmen. Hier, trage meine Flasche; Bruder Trinculo, wir wollen sie gleich wieder füllen.

Caliban. (Singt trunkner Weise ein Abschiedsliedlein von seinem
alten Herrn.)
Freyheit, heyda! heyda! Freyheit! Freyheit! heyda! Freyheit!

Stephano.
O! braves Ungeheuer! zeig uns den Weg.

(Sie gehen ab.)

Dritter Aufzug.

Erste Scene.
(Vor Prosperos Celle.)
(Ferdinand tritt mit einem Blok auf der Schulter auf.)

Ferdinand. Es giebt Spiele welche mühsam sind, aber eben diese Mühe erhöht das Vergnügen das man dabey hat; es giebt niedrige Geschäfte, denen man sich auf eine edle Art unterziehen kan, und höchst geringschäzige Mittel, die zu einem sehr vortreflichen Ziel fuhren. Dieses mein knechtisches Tagwerk würde mir so beschwerlich als langweilig seyn, wenn nicht die Gebieterin, der ich diene, meine Arbeiten zu Ergözungen machte. O! sie ist zehnmal liebreizender als ihr Vater unfreundlich, ob er gleich aus Härte zusammengesezt ist. Auf seinen strengen Befehl soll ich etliche tausend dergleichen Blöke zusammentragen und auf einander beugen. Meine holdselige Geliebte weint wenn

58

sie mich arbeiten sieht, und klagt, daß ich zu einem so sclavischen Geschäfte mißbraucht werden soll. Ich vergesse darüber das Verdriesliche meines Zustandes, und meine Arbeit verrichtet sich unter diesen angenehmen Gedanken so leicht, daß ich sie kaum empfinde. (Miranda zu den Vorigen; Prospero in einiger Entfernung.)

Miranda. Ach! ich bitte euch, arbeitet nicht so strenge; ich wollte der Bliz hätte diese Blöke verbrennt, die du auf einander beugen sollst. Ich bitte euch sizet nieder und ruhet aus; Wenn diß Holz brennt, wird es weinen, daß es euch so abgemattet hat; mein Vater ist in seinem Studieren vertieft; ich bitte euch, ruhet aus; wir werden ihn in den nächsten drey Stunden nicht sehen.

Ferdinand. O theureste Gebieterin, die Sonne wird untergegangen seyn, eh ich mein auferlegtes Tagwerk vollendet haben werde.

Miranda. Wenn ihr mir versprecht, euch indessen nieder zu sezen, so will ich eure Blöke tragen. Ich bitte euch, thut es mir zu gefallen, ich will sie nur zu dem Hauffen tragen.

Ferdinand. Nein, du unschäzbares Geschöpf; eher sollten mir meine Sehnen springen und mein Rükgrat brechen, eh du eine solche Arbeit thun und ich müßig zusehen sollte.

Miranda. Sie würde sich nicht übler für mich schiken als für euch; und es würde mich noch einmal so leicht ankommen; denn ich thät es aus gutem Willen, und ihr thut es ungern.

Prospero (für sich.)
Armer Wurm! du bist angestekt; dieser Besuch ist eine Probe davon.

Miranda.
Ihr seht verdrieslich aus.

Ferdinand. Nein, meine edle Gebieterin, wenn ihr im
Finstern bey mir wäret, so wär' es frischer Morgen um mich
her. Ich bitte euch (vornehmlich damit ich ihn in mein
Gebet sezen könne), wie ist euer Name?

Miranda. Miranda—O mein Vater, ich hab' euer Verbot
übertreten, indem ich diß sagte.

Ferdinand. Bewundernswürdige Miranda, in der That, alles
würdig, was die Welt schäzbarstes hat! Ich habe viele Damen
gesehen, mit aufmerksamen Augen gesehen, und manchmal
hat die Music ihrer Zungen mein allzuwilliges Ohr gefesselt;
um verschiedner Vorzüge willen haben mir verschiedne
Frauenzimmer gefallen, aber keine jemals so sehr, daß nicht
bald irgend ein Fehler den ich an ihr bemerkt, ihre schönste
Eigenschaft verdunkelt hätte. Du allein, o du, so
vollkommen, so unvergleichlich, bist aus allem
zusammengesezt, was an jedem Geschöpfe das Beste ist.

Miranda. Ich kenne keine von meinem Geschlecht, und habe
nie ein weibliches Gesicht erblikt, ausser mein eignes in
meinem Spiegel; noch habe ich mehr Männer gesehen, die
ich so nennen mag, als euch, mein guter Freund, und
meinen theuren Vater. Was für Geschöpfe anderswo seyn
mögen, kan ich nicht wissen: Aber, bey meiner Unschuld,
meinem besten Kleinod, ich wünsche mir keine andre
Gesellschaft in der Welt als die eurige; noch kan meine
Einbildungskraft sich eine andre Gestalt vorbilden, die mir
gefallen könnte, als die eurige. Aber ich plaudre, denk ich,
zu unbesonnen, und vergesse hierinn meines Vaters
Ermahnungen.

Ferdinand. Ich bin meinem Stande nach ein Prinz, Miranda;
ich denke, ein König (wollte der Himmel ich wär' es nicht!)
und ich wollte diese hölzerne Sclaverey nicht mehr
erdulden, als ich leiden wollte daß eine Fleischfliege mir auf

die Lippen säße. Aber höret meine Seele reden: In dem ersten Augenblik, da ich euch sah, flog mein Herz in euern Dienst, und machte mich auf ewig zu euerm Leibeignen, und um euertwillen bin ich ein so geduldiger Holzträger.

Miranda.
Liebet ihr mich also?

Ferdinand. O Himmel, o Erde, seyd meine Zeugen, und krönet meine Rede mit einem glüklichen Erfolg, so wie ich die Wahrheit rede; wo nicht, so verkehret meine besten Hoffnungen in Unglük. Über alles was in der Welt ist, über alle Grenzen, liebe, schäze und verehr' ich euch.

Miranda. Ich bin eine Thörin daß ich darüber weine, was ich so erfreut bin zu hören.

Prospero (für sich.) Wie selten treffen zwey solche Herzen einander an! Ihr Himmel, schüttet euern Segen auf ihre keimende Liebe!

Ferdinand.
Warum weinet ihr?

Miranda. Über meine Unwürdigkeit, die es nicht wagen darf anzubieten was ich zu geben wünsche, und noch viel weniger anzunehmen, wessen Verlust mein Tod seyn würde. Doch diß ist Tändeley! Je mehr es sich selbst verbergen will, desto mehr zeigt es seine Grösse. Hinweg, falsche Schaamhaftigkeit, und du allein regiere meinen Mund, offenherzige und heilige Unschuld. Ich bin euer Weib, wenn ihr mich heurathen wollt, wo nicht, so will ich als euer Mädchen sterben; ihr könnt mir abschlagen, eure Gesellin zu seyn; aber eure Sclavin will ich seyn, ihr möget wollen oder nicht.

Ferdinand (kniend.)

Meine theureste Gebieterin, und ich ewig der deinige.

Miranda.
Mein Gemahl also?

Ferdinand. Mit so verlangendem Herzen, als die
Knechtschaft sich nach Freyheit sehnt. Hier ist meine Hand.

Miranda. Und hier die meinige, mit meinem Herzen drinn;
und nun lebet wohl, auf eine halbe Stunde.

Ferdinand.
Tausend, tausend Lebewohl!

(Sie gehen ab.)

Prospero. So froh über dieses als sie, kan ich nicht seyn, sie,
die lauter Entzükung sind; aber es ist nichts in der Welt,
worüber ich eine grössere Freude haben könnte. Ich will zu
meinem Buche. Denn zwischen izt und der Abend-Essens-
Zeit muß ich noch vieles nöthige zu stande bringen.

(Geht ab.)

Zweyte Scene.
(Eine andre Gegend der Insel.)
(Caliban, Stephano und Trinculo treten auf.)

Stephano.
Sagt mir nichts mehr hievon; wenn das Faß leer ist, wollen
wir
Wasser trinken, eher keinen Tropfen. Fülle also wieder auf,
und
laß dirs gut schmeken, dienstbares Ungeheuer; trink mirs
zu.

Trinculo. Dienstbares Ungeheuer! Wie das eine närrische Insel ist! Sie sagen es habe nur ihrer fünf auf dieser Insel; wir sind drey davon, wenn die andern beyde nicht richtiger im Kopf sind als wir, so wakelt der Staat.

Stephano. Trink, dienstbares Ungeheuer, wenn ichs dich heisse; deine Augen stehen dir gewaltig tief im Kopfe.

Trinculo. Wo sollten sie denn sonst stehen? Er wäre ein feines Ungeheuer, in der That, wenn er sie am H** stehen hätte.

Stephano. Mein menschliches Ungeheuer hat seine Zunge in Sect ersäuft; was mich betrift, mich kan die See nicht einmal ersäuffen. Ich schwamm eh ich das Ufer erreichen konnte, fünf und dreyßig Meilen hin und her; beym Element, du sollst mein Leutnant seyn, Ungeheuer, oder mein Fahnen-Junker—Warum so still, Mondkalb? Sprich einmal in deinem Leben wenn du ein gutes Mondkalb bist.

Caliban.
Wie geht's dir? Laß mich deine Schuh leken; ich will ihm

(er deutet auf Trinculo,)

nicht dienen, er ist nicht herzhaft!

Trinculo. Du lügst, du höchst unwissendes Ungeheuer, ich bin im Stand es mit einem Gerichts-Amman aufzunehmen; wie? du lüderlicher Fisch du, ist jemals ein Mann eine Memme gewesen, der so viel Sect in einem Tag getrunken hat als ich? Darfst du so ungeheure Lügen sagen, und bist nur halb ein Fisch und halb ein Ungeheuer?

Caliban.
Horch, wie er mich schimpfirt; willt du ihm heimzünden, Mylord?

Trinculo.
Mylord, sagt er! Daß ein Ungeheuer so einfältig seyn kan!

Caliban.
Horch, horch, schon wieder; beiß ihn zu tode, ich bitte dich.

Stephano. Trinculo, stek deine Zunge ein! Wenn du einen
Aufruhr anfangst, so soll der nächste Baum—Das arme
Ungeheuer ist mein Unterthan, und ich werde nicht leiden
daß ihm übel begegnet werde.

Caliban. Ich danke dir, mein edler Gebieter. Gefällt es dir, die
Bitte, die ich an dich gethan habe, noch einmal zu hören?

Stephano. Beym Element, das will ich; knie nieder und
wiederhole sie; ich will stehen, und Trinculo soll auch
stehen. (Ariel kommt unsichtbar dazu.)

Caliban. Wie ich dir vorhin gesagt habe, ich bin einem
Tyrannen unterthan, einem Zauberer, der mir durch seine
List diese Insel abgetrödelt hat.

Ariel.
Du lügst.

Caliban (zu Trinculo.) Du lügst, du Maulaffe du; ich wollte,
daß mein dapfrer Meister dich vernichtete; ich lüge nicht.

Stephano. Trinculo, wenn ihr ihn noch ein einzig mal in
seiner Erzählung unterbrecht, beym Sapperment, so will ich
euch etliche Zähne supplantiren!

Trinculo.
Was? Ich sagte nichts.

Stephano.
Husch denn, und nichts weiter; fahre fort!

Caliban. Ich sage, durch Zauberey gewann er diese Insel, von mir gewann er sie. Wenn deine Hoheit sie ihm wieder abnehmen will, (denn ich weiß, du hast das Herz dazu, aber dieses Ding hat kein Herz—)

Stephano.
Das ist eine ausgemachte Sache.

Caliban.
So sollt du Herr davon seyn, und ich will dir dienen.

Stephano.
Wie wollen wir das anstellen? Kanst du mir ein Mittel vorschlagen?

Caliban. Ja, ja, mein Gebieter, ich will ihn dir schlafend überliefern, dann kanst du ihm einen Nagel in den Kopf schlagen.

Ariel.
Du lügst, das kanst du nicht.

Caliban. Was für ein elster-mässiger Flegel ist das? du Lumpenkerl du! Ich bitte deine Hoheit, gieb ihm Maulschellen und nimm ihm diese Flasche; wenn er sie nicht mehr hat, so muß er lauter Pfüzenwasser trinken, denn ich will ihm nicht zeigen, wo die Brunnquellen sind.

Stephano.
Trinculo, seze dich keiner fernern Gefahr aus. Unterbrich das
Ungeheuer nur mit einem Wort, und beym Sapperment, ich will meine
Barmherzigkeit zur Thür hinaus stossen, und einen Stokfisch aus dir
machen.

Trinculo.
Wie? Was that ich denn? Ich that nichts; ich will weiter
weggehen.

Stephano.
Sagtest du nicht, er lüge?

Ariel.
Du lügst.

Stephano. (Er prügelt den Trinculo.) Thu ich das? Nimm
das, und wenn es dir wohl schmekt, so heisse mich ein
andermal wieder lügen.

Trinculo. Ich habe dich nicht lügen geheissen—Habt ihr den
Verstand verlohren, und das Gehör dazu? daß der Henker
eure Flasche! Das kan Sect und Trinken thun! Daß die
schwere Noth dein Ungeheuer, und der T** deine Finger—

Caliban.
Ha, ha, ha.

Stephano.
Nun, weiter in deiner Erzählung—

(zu Trinculo)

ich bitte dich, steh weiter zurük.

Caliban. Schlag ihn bis er genug hat; über eine Weile will
ich ihm auch geben.

Stephano.
Weiter zurük—Komm, fahre fort.

Caliban. Wie ich dir sagte, er hat die Gewohnheit
nachmittags zu schlaffen; dann kanst du ihm den Kopf
spalten, aber du must ihm vorher seine Bücher nehmen;

oder du kanst ihm mit einem Bloke den Hirnschedel zersplittern, oder ihm mit einem Pfahl den Bauch aufreissen, oder ihm mit deinem Messer die Gurgel abschneiden. Vergiß nicht, ihm seine Bücher vorher wegzunehmen; denn ohne sie ist er nur ein Dummkopf wie ich; und hat nicht einen einzigen Geist mehr, dem er befehlen könnte. Sie hassen ihn alle mit einem so eingewurzelten Haß wie ich. Verbrenne nur seine Bücher. Er hat hübsche Möbeln, wie er sie heißt, womit er sein Haus einrichten will, wenn er eins hat. Und was am tiefsten dabey zu betrachten ist, das ist die Schönheit seiner Tochter; er selbst nennt sie sein Tausendschönchen; ich habe nie mehr als zwey Weibsbilder gesehen, Sycorax, meine Mutter, und sie; aber sie übertrift Sycorax so weit als das Gröste das Kleinste.

Stephano.
Ist sie so ein hübsches Mensch?

Caliban. Ja, mein Gebieter; sie wird dein Bette zieren, ich versichre dich's, und dir eine brave junge Zucht bringen.

Stephano.
Ungeheuer, ich will diesen Mann umbringen; seine Tochter und ich
sollen König und Königin seyn, (Gott erhalte unsre Majestäten!) und
Trinculo und du, ihr sollt Vice-Könige seyn. Gefällt dir der Anschlag, Trinculo?

Trinculo.
Vortrefflich.

Stephano. Gieb mir deine Hand; es ist mir leid, daß ich dich geprügelt habe: aber so lange du lebst, so halte deine Zunge wohl im Zaum.

Caliban. In der nächsten halben Stunde wird er eingeschlafen seyn; willt du ihn alsdann vernichten?

Stephano.
Ja, bey meiner Ehre.

Ariel.
Das will ich meinem Herrn erzählen.

Caliban. Du machst mich ganz aufgeräumt; ich bin voller Freuden; laß uns lustig seyn. Wollen wir Bilboquet spielen, das ihr mich nur erst gelernt habt?

Stephano. Weil du mich drumm bittest, Ungeheuer, so will ich dir etwas zu gefallen thun. Komm, Trinculo, wir wollen singen.

(Sie singen ein Gassenlied.)

Caliban.
Das ist nicht die rechte Melodie.

(Ariel spielt ihnen die Melodie auf einer Pfeiffe, mit einer Biscayer-Trummel.)

Stephano.
Was ist das?

Trinculo. Es ist die Melodie unsers Lieds, von einem Gemählde von Niemand gespielt.

Stephano. Wenn du ein Mensch bist, so zeige dich in deiner Gestalt; und bist du der Teufel, so zeige dich wie du willst.

Trinculo.
O! vergieb mir meine Sünden!

Stephano.

Wer stirbt, bezahlt alle seine Schulden. Ich biete dir Troz!
(Der
Himmel steh uns bey!)

Caliban.
Fürchtest du dich?

Stephano.
Nein, Ungeheuer, nicht ich.

Caliban. Du must dich nicht fürchten; diese Insel ist voll
von Getöse, Tönen und anmuthigen Melodien, welche
belustigen und keinen Schaden thun. Manchmal sumsen
tausend klimpernde Instrumente um mein Ohr; manchmal
Stimmen, die, wenn ich gleich dann aus einem langen Schlaf
aufgewacht wäre, mich wieder einschläfern würden; dann
däuchts mir im Traum, die Wolken thun sich auf, und
zeigen mir Schäze, die auf mich herunter regnen wollen; daß
ich, wenn ich erwache, schrey und weine, weil ich wieder
träumen möchte.

Stephano. Das wird ein braves Königreich für mich werden;
ich werde die Musik umsonst haben.

Caliban.
Wenn Prospero vernichtet ist.

Stephano.
Das soll nicht lange mehr anstehen; ich hab' es nicht
vergessen.

Trinculo. Das Getön geht fort; wir wollen ihm nach, und
dann an unsre Arbeit gehen.

Stephano. Führ uns, Ungeheuer, wir wollen dir folgen. Ich
wollte ich könnte diesen Trummelschläger sehen. Er hört
auf.

Trinculo.
Willt du kommen? Ich gehe nach Stephano.

(Sie gehen ab.)

Dritte Scene.
(Ein andrer Teil der Insel.)
(Alonso, Sebastian, Antonio, Gonsalo, Adrian, Francisco,
u.s.w.
 treten auf.)

Gonsalo. Bey Sct. Velten, ich kan nicht weiter, Sire; meine
alten Beine schmerzen mich; wir sind hier in einem
Labyrinth: Auf meine Ehre, alles geht durch Irrwege, und
Mäander. Mit eurer Erlaubniß, ich muß mich niedersezen.

Alonso. Alter Mann, ich kan dirs nicht verdenken, ich bin
selbst bis zur Betäubung meiner Lebensgeister abgemattet;
seze dich und ruhe aus. Ich gebe die Hoffnung auf, die ich
wie einen Schmeichler bisher geheget habe; er ist
umgekommen, den wir so mühsam suchen, und das Meer
spottet unsers Nachforschens auf dem Lande. Wol dann, es
mag seyn.

Antonio (leise zu Sebastian.) Ich bin sehr erfreut daß er so
hoffnunglos ist. Vergesset, um eines Fehlstreichs willen, das
Vorhaben nicht, wozu ihr euch entschlossen habt.

Sebastian. Bey der nächsten bequemen Gelegenheit wollen
wir unsern Vortheil besser nehmen.

Antonio. Laßt es diese Nacht seyn; sie sind von der Reise so
abgemattet, daß sie weder daran denken, noch im Stande
sind so viel Vorsichtigkeit zu gebrauchen, als wenn sie frisch
wären.

Sebastian.
Diese Nacht! Nichts weiter.

(Man hört eine seltsame und feyrliche Musik, und Prospero zeigt sich (den redenden Personen unsichtbar) auf der Spize des Berges. Verschiedne wunderbare Gespenster treten auf, tragen eine Tafel mit Speisen und Getränk herzu, tanzen um dieselbe mit freundlichen Gebehrden, als ob sie den König und seine Gefährten willkommen heissen wollten, und nachdem sie dieselben eingeladen zu essen, verschwinden sie wieder.)

Alonso.
Was für eine Harmonie ist diß? meine guten Freunde, horcht!

Gonsalo.
Eine wunderbar angenehme Musik.

Alonso.
Gieb uns freundliche Wirthe, o Himmel! Wer sind diese?

Sebastian. Das ist ein Haupt-Spaß. Nun will ich glauben, daß es Einhörner giebt; daß in Arabien ein einziger Baum ist, der Thron des Phönix, und ein einziger Phönix, der bis auf diese Stunde da regiert.

Antonio. Ich will beydes glauben, und was sonst nicht viel Credit hat, komme nur zu mir, ich will schwören es sey wahr. Reisebeschreiber haben nie gelogen, wenn schon Geken, die hinter dem Ofen sizen, sie verurtheilen.

Gonsalo. Wenn ich nach Neapel käme und das erzählte, würde man mir's glauben? Wenn ich sagte: Ich sahe solche Insulaner (denn gewiß sind das die Einwohner dieser Insel) und ob sie gleich von mißgestalteter und abentheurlicher

Bildung sind; so sind doch ihre Manieren leutseliger und artiger als ihr bey manchen finden werdet, die zum menschlichen Geschlecht gehören; ja, in der That.

Prospero (vor sich.) Du ehrlicher Alter, du sprichst wohl; denn es sind hier einige unter euch, die schlimmer als Teufels sind.

Alonso. Ich kan nicht genug erstaunen; solche Gestalten, solche Gebehrden, ein solcher Ton, der, (ob es ihnen gleich am Gebrauch der Zunge fehlt) eine Art von einer vortrefflichen stummen Sprache ausmacht.

Prospero (vor sich.)
Diese Lobsprüche könnten zu voreilig seyn.

Francisco.
Sie verschwanden auf eine seltsame Art.

Sebastian.
Das hat nichts zu sagen, da sie uns zu essen hinterlassen haben;
denn ich denke, wir spüren alle, daß wir einen Magen haben.
Gefällt es Euer Majestät, etwas hievon zu kosten?

Alonso.
Ich habe keine Lust.

Gonsalo. Auf meine Treue, Gnädigster Herr, ihr habt keine Ursache etwas zu besorgen. Wie wir noch kleine Jungen waren, welcher unter uns hätte geglaubt, daß es Leute in Gebürgen gebe, welche einen diken hautigen Hals hätten wie die Ochsen, oder denen der Kopf in der Brust stünde? Was man selbst sieht, glaubt man am besten.

Alonso. Ich will mit zustehen, und essen, wenn es gleich

mein leztes wäre; es ligt mir nichts daran, das beste ist
vorbey; Bruder, Herzog, stehet zu, und machet's wie wir.

Vierte Scene.
(Donner und Blize. Ariel tritt in Gestalt einer Harpye auf,
 schlägt mit seinen Flügeln auf die Tafel, und vermittelst
einer
 unmerklichen Veranstaltung verschwindet die Mahlzeit im
gleichen
 Augenblik.)

Ariel. Ihr seyd drey Männer der Sünde, welche das rächende
Schiksal (so sich dieser untern Welt und alldessen was drinn
ist, zu Werkzeugen bedient) im Sturm auf diese unbewohnte
Insel ausgeworfen,* als Leute die höchst unwürdig sind
unter Menschen zu leben. Ich hab' eure Sinnen betäubt,
und euch nicht mehr Stärke übrig gelassen, als ein Mensch
nöthig hat, sich selbst zu hängen oder zu ertränken. Ihr
Narren! ich und meine Gesellen sind Diener des Schiksals;
die Elemente woraus eure Schwerdter bereitet sind, könnten
eben so wohl den sausenden Wind verwunden, oder mit
lächerlichen Stichen das stets sich wieder schliessende
Wasser tödten, als eine einzige Pflaumfeder aus meinen
Schwingen reissen. Meine Gesellen sind eben so
unverwundbar. Und wenn ihr uns auch verwunden
könntet, so sind eure Schwerdter zu schwer für eure izige
Stärke, und ihr seyd nicht einmal im Stande sie aufzuheben.
Erinnert euch dann (denn das ist mein Geschäft an euch)
daß ihr drey es waret, die den rechtschafnen Prospero aus
Meiland vertrieben, und der offnen See, (die es euch nun
vergolten hat) ausgesezt, ihn und sein unschuldiges Kind!
Um dieser Übelthat willen haben die himmlischen Mächte,
welche die Bestrafung des Unrechts zwar verschieben aber

73

nie vergessen, das Meer und das feste Land, ja alle Geschöpfe
wieder euch empört, dich, Alonso, deines Sohnes beraubt,
und sprechen nun durch mich das Urtheil über euch aus;
daß langsames Verderben, schreklicher als irgend ein
schneller Tod, Schritt für Schritt euch und eure Wege
verfolgen soll. Nichts kan euch vor ihrem Zorn (der sonst in
diesem wüsten Eiland auf eure Häupter fallen wird)
beschüzen, als ein reuevolles Herz, und in Zukunft ein
reines Leben.

{ed.-* Im Original: "Welche das Schiksal u.s.w. von der
gefräßigen nimmersatten See hat ausrülpsen lassen, und an
diese Insel" u.s.w.}

(Ariel verschwindet im Donner, darauf folget eine Symphonie
mit Sordinen; die Gespenster kommen, und tragen nach
einem Tanz voller seltsamer Grimassen die Tafel wieder
hinweg.)

Prospero (vor sich.) Du hast die Role dieser Harpye gut
gemacht, mein Ariel—du hast nichts von meiner Vorschrift
ausgelassen—eben so gut in ihrer Art haben auch meine
geringern Diener ihre verschiednen Personen gespielt; meine
Bezauberungen würken, und diese meine Feinde von
betäubendem Schreken gefesselt, sind alle in meiner Gewalt.
Ich verlasse sie nun in diesem Zustand, um den jungen
Ferdinand, den sie für verlohren schäzen, und seinen und
meinen Liebling zu besuchen.

(Prospero geht ab.)

Gonsalo. Im Namen alles dessen was heilig ist, Sire, warum
steht ihr da, als ob ihr ein Gespenste sähet?

Alonso. O! es ist entsezlich, entsezlich! Mich däuchte die
Wellen redeten und warfen mir's vor; die Winde heulten

mir's entgegen, und der Donner, diese tieffe fürchterliche
Orgelpfeiffe, sprach den Namen Prospero aus—und gab das
Zeichen zu meinem Tod—Um meines Verbrechens willen ligt
mein Sohn in einem nassen Bette; ich will ihn suchen, tiefer
als jemals ein Senkel-Bley gefallen ist, und dort bey ihm im
Schlamme begraben ligen.

(Geht ab.)

Sebastian. Das war erst ein Teufel; ich will ihrer ganze
Legionen zu Boden fechten.

Antonio.
Und ich will dein Secondant seyn.

(Gehen ab.)

Gonsalo. Alle drey sind in Verzweiflung; ihre schwere
Verschuldung, gleich einem Gift, das erst nach langer Zeit
würken soll, fangt nun an, ihre Lebensgeister zu nagen. Ich
bitte euch, ihr die ihr biegsamere Gelenke habt als ich, folget
ihnen so eilfertig als ihr könnt, und verhindert sie an dem,
wozu die sinnlose Verzweiflung sie treiben mag.

Adrian.
Folget mir, ich bitte euch.

(Sie gehen ab.)

Vierter Aufzug.

Erste Scene.
(Prospero's Celle.)
(Prospero, Ferdinand und Miranda.)

Prospero. Wenn ich euch zu strenge begegnet bin, so hoffe ich, der Ersaz den ich euch gegeben, wird es vergüten; denn ich habe euch einen Faden von meinem eignen Leben gegeben, oder vielmehr das einzige, wofür ich lebe. Hier liefre ich sie nochmals in deine Hand: Alle Kränkungen, die du erduldet hast, waren nur Prüfungen deiner Liebe, und du hast auf eine ausserordentliche Art die Probe gehalten. Hier, im Angesicht des Himmels bestätige ich dieses mein reiches Geschenk. O Ferdinand, lächle nicht über mich, daß ich stolz auf sie bin; du wirst finden, daß sie alles Lob weit hinter sich zurüke lassen wird.

Ferdinand.
Ich glaub' es gegen ein Orakel.

Prospero. So empfange dann, als mein Geschenk und als dein wohlverdientes Eigenthum, empfange meine Tochter. Aber wofern du ihren jungfräulichen Gürtel auflösest, eh euer Bündniß durch alle geheiligten Feyerlichkeiten, nach vollständigem Gebrauch bekräftiget werden kan: So möge der Himmel alle die segensvollen Einflüsse zurükhalten, die sonst euere Vereinigung bekrönen würden; und statt derselben soll unfruchtbarer Haß, sauersehender Widerwille und Zwietracht euer Bette mit so wildem Unkraut bestreuen, daß ihr es beyde hassen sollet. Nimm dich also in Acht, so lieb es dir ist, daß Hymens Fakel dir leuchte.

Ferdinand. So wie ich ruhige Tage, eine schöne Nachkommenschaft, und ein langes Leben, mit der unveränderten Dauer einer solchen Liebe, als ich izt empfinde, mir wünsche; so gewiß soll die finsterste Höle, die bequemste Gelegenheit und die stärkste Eingebung unsers bösen Genius nimmermehr vermögend seyn, meine tugendhafte Liebe in unordentliche Lust zu zerschmelzen, daß ich rauben sollte was jenem feyerlichen Tag vorbehalten ist, bey dessen Anbruch mich's dünken wird, entweder die

Sonnenpferde seyen steif, oder die Nacht mit Ketten angeschmiedet worden.

Prospero. Wohl gesprochen! Size dann nieder und rede mit ihr, sie ist dein eigen. Wie? Ariel, mein ausrichtsamer Diener, Ariel—

Zweyte Scene.
(Ariel zu den Vorigen.)

Ariel.
Was befiehlt mein mächtiger Gebieter? hier bin ich.

Prospero. Du und deine geringern Mitgesellen haben vorhin ihren Dienst aufs beste versehen, und ich will euch izt zu einem andern Spiel gebrauchen. Geh, bring die Geisterschaar, über die ich dir Gewalt gegeben habe, an diesen Ort; Muntre sie zu schnellen Bewegungen auf, denn ich muß die Augen dieses jungen Paars mit irgend einer Eitelkeit meiner Kunst belustigen; ich hab' es versprochen und sie erwarten's von mir.

Ariel.
Sogleich?

Prospero.
Ja, in einem Augenblik.

Ariel. Eh ihr sagen könnt, komm und geh, zweymal athmen, und ruffen, so, so; soll jeder auf den Zehen tripplend hier seyn, und seine Künste machen. Liebt ihr mich nun, mein Gebieter?*

{ed.-* Ariel sagt dieses im Original in kleinen Versen, die sich alle in O reimen, und, weil sie alle ihre Artigkeit daher haben, sich nicht in Reime übersezen lassen.}

Prospero. Höchlich, mein sinnreicher Ariel; komm nicht
zurük, bis ich dich ruffe.

Ariel.
Gut, ich verstehe dich.

(Geht ab.)

Prospero (zu Ferdinand.)
Vergiß du nicht dein Wort zu halten; treibe den Scherz nicht
zu
weit; die stärksten Eide sind nur Stroh für das Feuer in
unserm
Blute; halte besser an dich, oder gute Nacht, Gelübde!

Ferdinand.
Ich versichre euch, mein Herr, dieser weisse kalte
jungfräuliche
Schnee an mein Herz gedrükt, kühlt die Hize meiner Leber
ab.

Prospero. Gut; komm izt, mein Ariel; bringe lieber einen
Geist zuviel, als daß einer mangle; erscheine uns munter—
Redet ihr kein Wort, seyd lauter Auge; Still!

(Man hört eine angenehme Musik.)

Dritte Scene.
(Ein allegorisches Schauspiel.)
(Iris tritt auf.)

Iris. Ceres,* huldreiche Göttin, deine goldnen Felder voll
Waizen, Gerste, Haber, Wiken und Bohnen, deine

kräuterreichen Berge, mit grasenden Schaafen bedekt, und deine ebnen Wiesen, wo sie in strohbedekten Hürden ligen, deine mit Blumen eingelegte und mit Tulpen bordirte Bänke, vom schwammichten Aprill auf deinen Befehl so geschmükt, um für kalte Nymphen keusche Kränze zu machen, und deine braunen Lauben, deren Schatten der von seinem Mädchen abgewiesene Junggeselle liebt; deine eingezäunte Weinberge, und deine unfruchtbaren Seebänke und Felsen, auf denen du dich zu verlüften pflegst: Alles dieses befiehlt dir die Königin des Himmels, deren Dienerin ich bin, zu verlassen, und auf diesem grünen Plaz ihrer gebietenden Majestät Gesellschaft zu leisten. Ihre Pfauen sind in vollem Anzug. Nähere dich, reiche Ceres, sie zu unterhalten.

{ed.-* Dieses ganze Spiel ist im Original in Reimen.}

(Ceres tritt auf.)

Ceres. Heil dir, vielfarbichte Bötin und Aufwärterin der Gemahlin des Jupiters, die du von deinen saffrangelben Schwingen honigtriefende, erfrischende Regen auf meine Blumen schüttest, und mit jedem Ende deines blauen Bogens, einer reichen Schärpe für meine stolze Erde, meine schwellenden Felder und meine nakten Sandhügel bekrönst; warum hat deine Königin mich hieher beruffen?

Iris. Ein Bündniß treuer Liebe zu begehen, und die glüklichen Liebhaber mit einem freywilligen Geschenke zu begaben.

Ceres. Sage mir, himmlischer Bogen, ist dir nicht bekannt, ob Venus oder ihr Sohn die Königin begleiten? Denn seitdem sie dem düstern Pluto Vorschub gethan haben, meine Tochter zu entführen, hab' ich ihre und ihres blinden Buben ärgerliche Gesellschaft verschworen.

Iris. Fürchte dich nicht vor ihrer Gesellschaft. Ich begegnete ihrer Deität, wie sie die Wolken gegen Paphos zu durchschnitt, sie und ihr Sohn, von Dauben mit ihr gezogen; sie bildeten sich ein, durch irgend ein leichtfertiges Zauberwerk diesen Jüngling und diß Mädchen zu bethören, die das Gelübde gethan haben, sich der Rechte des Ehebettes zu enthalten, bis Hymens Fakel ihnen angezündet wird; aber die heisse Buhlerin des Kriegs-Gottes ist unverrichter Dingen zurük gekommen, und ihr wespen-mässiger Sohn hat seinen Bogen zerbrochen, und schwört, er wolle keinen Pfeil mehr anrühren, sondern mit Spazen spielen und geradezu ein kleiner Junge seyn.

Ceres. Die hohe Königin des Götter-Staats, die grosse Juno kommt; ich erkenne sie an ihrem Gang.

(Juno steigt von ihrem Wagen und tritt auf.)

Juno.
Wie befindet sich meine mildreiche Schwester? Komm mit mir, dieses
Paar zu segnen, daß sie glüklich seyn, und eine ehrenvolle Nachkommenschaft sehen mögen.

(Juno und Ceres singen ein Lied, worinn jede die Verlobten mit ihren eignen Gaben beschenkt.)

Ferdinand.
Diß ist ein höchst majestätisches Gesicht, und eine bezaubernde
Harmonie; und darf ich kühnlich glauben, daß es Geister sind?

Prospero. Geister, die ich durch meine Kunst aus ihren Bezirken hiehergerufen habe, meine Phantasien auszuführen.

Ferdinand. O! laßt mich hier ewig leben; ein so wundervoller Vater, und ein solches Weib machen diesen Ort zu einem Paradiese.

Prospero. Stille, mein Wehrter! Juno und Ceres lispeln einander ganz ernsthaft etwas in die Ohren; es wird noch etwas zuthun seyn; husch, seyd stumm, oder unser Spiel wird verdorben.

(Juno und Ceres reden leise mit einander, und schiken Iris mit einem Auftrag ab.)

Iris. Ihr Nymphen der schlängelnden Bäche, Najaden genannt, mit euern Schilf-Kränzen und immer freundlichen Bliken, verlaßt eure kräuselnden Canäle und kommt, Juno befiehlt's, auf diese grüne Flur. Kommt, keusche Nymphen, und helft ein Bündniß treuer Liebe zu feyern; säumt euch nicht!

(Eine Anzahl Nymphen treten auf.)

Iris (fahrt fort.) Ihr von der Sonne verbrannten Schnitter, des Augusts müde, kommt aus euern Furchen, und theilet unsre Lust. Macht Feyertag, sezt eure Strohhüte auf, und jeder gebe einer von diesen frischen Nymphen die Hand zum ländlichen Tanz.

Vierte Scene.
(Eine Anzahl von nettgekleideten Schnittern treten auf, und
  vereinigen sich mit den Nymphen zu einem anmuthigen
Tanz: Gegen das
  Ende des Tanzes fährt Prospero plözlich auf, und spricht die
  folgende Rede, worauf alles mit einem seltsamen holen und
  verworrnen Getöse verschwindet.)

Prospero. Ich hatte diese schändliche
Zusammenverschwörung des Viehes Caliban und seiner
Gesellen gegen mein Leben völlig aus der Acht gelassen; die
Minute die sie zur Ausführung erkießt haben, ist beynahe
gekommen—Gut gemacht; hinweg, nichts mehr!

Ferdinand (leise zu Miranda.)
Diß ist seltsam, unser Vater ist in irgend einem Affect, der
mit
Macht auf ihn würkt.

Miranda.
Niemals bis auf diesen Tag sah ich ihn in einem so heftigen
Unwillen.

Prospero. Ihr seht bestürzt aus, mein Sohn; seyd gutes
Muths, unsre Spiele sind nun zu Ende. Diese unsre
Schauspieler, wie ich euch vorhin sagte, sind alle Geister,
und zerflossen wieder in Luft, in dünne Luft, und so wie
diese wesenlose Luftgesichte, so sollen die mit Wolken
bekränzte Thürme, die stattlichen Paläste, die feyrlichen
Tempel, und diese grosse Erdkugel selbst, und alles was sie
in sich faßt, zerschmelzen, und gleich diesem
verschwundnen unwesentlichen Schauspiel nicht die
mindeste Spur zurüklassen. Wir sind solcher Zeug, woraus
Träume gemacht werden, und unser kleines Leben endet
sich in einen Schlaf—mein Herr, ich bin beunruhigt, habt
Geduld mit meiner Schwachheit, mein altes Gehirn ist in
Unordnung; laßt euch diesen kleinen Zufall nicht anfechten;
geht in meine Celle, wenn's euch beliebt, und ruhet da—Ein
oder zwey Auf- und Abgänge werden mir wieder leichter
machen.

Ferdinand. Miranda.
Wir wünschen euch Friede.

(Ferdinand und Miranda gehen ab.)

Prospero (vor sich.)
Komm in einem Gedanken —

(zu Ferdinand und Miranda.)

Ich danke euch — Ariel, komm.

(Prospero entfernt sich weiter von der Celle; Ariel zu ihm.)

Ariel.
Ich klammre mich an deine Gedanken an; was ist dein Wille?

Prospero.
Geist, wir müssen uns rüsten den Caliban zu empfangen.

Ariel. Ja, mein Gebieter. Ich dachte, wie ich Ceres vorstellte,
dir davon gesagt zu haben; aber ich brach ab, aus Besorgniß
dich verdrießlich zu machen.

Prospero.
Sag es noch einmal, wo verliessest du diese Schurken?

Ariel. Ich sagte euch, mein Herr, daß sie dik besoffen waren,
und so voll Dapferkeit, daß sie die Luft schlugen, weil sie
sich unterstuhnd ihnen ins Gesicht zu wehen, und den
Boden stampften, weil er ihre Füsse küßte, ohne inzwischen
ihr Vorhaben aus der Acht zu lassen. Ich schlug hierauf
meine Trummel; dieses Getöse machte sie aufmerksam; sie
spizten wie unberittne Füllen ihre Ohren, zogen die
Auglieder in die Höhe, und strekten ihre Nasen vor sich
hin, wie sie Musik rochen; kurz, ich bezauberte ihre Ohren
dergestalt, daß sie wie Kälber meinem Brüllen folgten, durch
stachlichte Genister, Disteln, und Dornen, die in ihren
dünnen Schienbeinen steken blieben; endlich ließ ich sie in
dem kothigen mit Unrath bemantelten Sumpf, hinter eurer

Celle, wo sie bis ans Knie hineinsanken, daß der faule
Morast ihre Füsse überstunk.

Prospero.
Das war wol gethan, mein Vogel; behalt immer deine
unsichtbare
Gestalt. Geh, bringe mir die abgetragnen Kleider in meinem
Hause
hieher, wir müssen diese Diebe in Versuchung sezen.*

{ed.-* Dieser Umstand bezieht sich auf den gemeinen
Aberglauben des Pöbels in unsers Autors Zeiten, als ob
Zauberer, Hexen und dergl. nicht eher eine Gewalt über
diejenige, so sie bezaubern wollen, haben, bis sie den
Vortheil über sie erhalten, sie bey irgend einer Sünde zu
ertappen, als wie hier über Dieberey. Warbürton.}

Ariel.
Ich geh, ich geh.

(Geht ab.)

Prospero (vor sich.) Ein Teufel ist dieser Caliban, ein
gebohrner Teufel, an dessen Natur keine Erziehung haftet;
an dem alle meine Mühe, Mühe wie man an einen Menschen
wendet, verlohren, gänzlich verlohren ist; und wie mit dem
Alter sein Leib in eine viehischere Ungestaltheit auswächßt,
so wird auch sein Gemüth ungeheurer; ich will sie alle
plagen, bis zum Heulen.

(Ariel kömmt mit allerley schimmerndem Geräthe beladen.)

Komm, hänge sie an dieses Seil.

Fünfte Scene.
(Caliban, Stephano und Trinculo treten alle wohl

angefeuchtet und
 von Morast triefend auf; Prospero und Ariel bleiben
unsichtbar
 zurük.)

Caliban. Ich bitte euch, tretet leise, damit der blinde
Maulwurf keinen Fuß fallen hört. Wir sind nimmer weit
von seiner Celle.

Stephano.
Ungeheuer, euer Kobolt, von dem ihr sagt, er sey ein
freundlicher
Kobolt, der niemand ein Leid thut, hat nichts viel bessers
gethan,
als den Narren mit uns gespielt.

Trinculo. Ungeheuer, ich rieche lauter Pferd-Pisse, und ich
kan dir's sagen, es will meiner Nase gar nicht schmeken.

Stephano.
So geht's der meinigen auch; hört ihr's, Ungeheuer! Wenn
ich einen
Unwillen wider euch fassen sollte—Sehet zu—

Trinculo.
Du wärst ein verlohrnes Ungeheuer.

Caliban. Mein lieber gnädiger Herr, laß mich immer in
deiner Gunst stehen; gedulde, der Vortheil, zu dem ich dich
führe, wird diesem Unfall die Augen ausstechen; redet nur
leise, es ist izt alles so still als Mitternacht.

Trinculo.
Schon gut, aber unsre Flasche im Morast zu verliehren—

Stephano. Es ist nicht nur Unannehmlichkeit und Schmach

in diesem Abentheuer, sondern ein unendlicher Verlust, du Ungeheuer.

Trinculo. Das ist mir über meine Anfeuchtung, und doch ist das euer freundlicher Kobold, der niemand kein Leid thut, Ungeheuer.

Stephano. Ich will meine Flasche wieder hohlen, und wenn ich für meine Mühe bis über die Ohren hineinplumpen sollte.

Caliban.
Ich bitte dich, mein König, sey ruhig; siehst du hier, diß ist der
Eingang in die Celle; kein Getöse, schleich hinein, thue diß gute
Unheil, das diese Insel auf ewig zu deinem Eigenthum macht; und ich
bin dein Caliban, auf ewig dein Fuß-Leker.

Stephano.
Gieb mir deine Hand, ich fange an, blutige Gedanken zu haben.

Trinculo.
O König Stephen, o Pair! o würdiger Stephen!* Sieh, was für eine
Garderobe hier für dich ist!

{ed.-* Der Spaß in diesen Zeilen besteht in einer Anspielung auf ein altes bekanntes Gassenlied, welches anfängt: (King Stephen was a worthy Peer), und die Sparsamkeit dieses Königs in Absicht auf seine Garderobe anpreist. Es sind zwo Stanzen von diesem Lied im Othello. Warbürton.}

Caliban.
Laß es gehen, du Narr, es ist nur Trödelwaare.

Trinculo.
Oh, oh, Ungeheuer, wir verstehen uns auch darauf, was in
eine
Trödelbude gehört—o König Stephen—

Stephano.
Lange diesen Rok herunter, Trinculo; beym Element, ich will
diesen
Rok haben.

Trinculo.
Deine Gnaden sollen ihn haben.

Caliban. Daß du die Wassersucht kriegtest, du Dummkopf!
Wie ungescheidt seyd ihr, daß euch ein solcher Plunder in
die Augen sticht! Geht weiter und vollbringet vorher den
Mord; wenn er aufwacht, wird er uns vom Wirbel bis zum
Zehen die Haut zerkneipen lassen; er wird abscheulich mit
uns umgehen.

Stephano.
Sey ruhig, Ungeheuer! Frau Seil, ist das nicht mein Wamms?

Trinculo. Ungeheuer komm, schmier ein bißchen Quark an
deine Finger, und weg mit dem ganzen Plunder!

Caliban.
Ich will nichts davon; wir verderben hier die Zeit, und
werden
zulezt noch alle in Barnakel** oder in Affen, mit verflucht
niedern
Stirnen verwandelt werden.

{ed.-** Eine Art von Gänsen auf der Insel Baß, an der
Schottischen Küste, von denen ehmals die Tradition gieng,
daß sie auf den Bäumen wachsen.}

Stephano. Ungeheuer, leg Hand an; hilf es wegtragen, an den nehmlichen Ort wo mein Weinfaß ligt, oder ich werde dich aus meinem Königreich jagen; geh, trag das!

Trinculo.
Und das.

Stephano.
Ja, und das.

(Man hört ein Getöse von Jägern. Verschiedne Geister, in Gestalt von Hunden lauffen auf die Bühne und jagen sie fort; Prospero und Ariel sezen ihnen nach. Caliban, Stephano und Trinculo werden heulend ausgetrieben.)

Prospero.
Heyda, Sultan hey!

Ariel.
Waldmann, hier geht's, Waldmann.

Prospero.
Furie, Furie; hier, Tyrann, hier; horch! horch! Geh, sage meinen
Kobolden, daß sie ihre Gelenke mit Zükungen zermalmen, ihre Sehnen
mit Krämpfen zusammenziehen, und sie am ganzen Leibe von Zwiken und
Kneipen flekichter machen sollen als ein Panterthier.

Ariel.
Horch, wie sie heulen.

Prospero.
Laß sie weidlich herumgejagt werden. Nunmehr sind alle meine
Feinde in meiner Gewalt. In kurzem soll sich all mein

Ungemach

enden, und du sollst deine Freyheit haben. Nur noch eine kleine

Weile folge mir, und thu mir Dienste.

(Sie gehen ab.)

Fünfter Aufzug.

Erste Scene.

(Vor der Celle.)

(Prospero tritt in seiner Magischen Kleidung mit Ariel auf.)

Prospero.

Nun ist mein Entwurf zu seiner Zeitigung gelangt; meine Bezauberungen brechen nicht; meine Geister gehorchen, und die Zeit

geht aufrecht mit ihrer Ladung davon; wie viel ists am Tage?

Ariel.

Um die sechste Stunde, mein Gebieter, wann, wie ihr sagtet, unsre

Arbeit geendigt seyn sollte.

Prospero.

Das sagte ich gleich anfangs, wie ich den Sturm erregte; sage, mein

Geist, was macht der König und seine Gefährten?

Ariel. Sie sind alle, euerm Befehl gemäß, zusammengebannt, gerade so wie ihr sie verlassen habt, alle eure Gefangne, mein Herr, in dem kleinen Hayne, der eure Celle vor dem

Wetter schüzt. Sie können nicht von der Stelle, bis ihr sie loslasset. Der König, sein Bruder und der eurige sind alle drey in einer Art von Betäubung; die übrigen trauern ihrentwegen, bis an den Rand mit Kummer und Bestürzung angefüllt; insonderheit derjenige, den ihr den guten alten Gonsalo nanntet. Seine Thränen lauffen über seinen Bart herab, wie Winter-Tropfen von einem rohrbedekten Dach. Eure Bezauberungen arbeiten so stark auf sie, daß, wenn ihr sie izt sehen solltet, euer Herz gewiß zu Mitleiden erweicht würde.

Prospero.
Denkst du das, Geist?

Ariel.
Das meinige würd' es gewiß, wenn ich ein Mensch wäre.

Prospero. Und das meinige auch. Hast du, der du nur Luft bist, eine Ahnung, ein Gefühl von ihrem Leiden, und ich, einer von ihrer Gattung, der allen ihren Leidenschaften und Bedürfnissen unterworffen ist, sollte nicht zärtlicher gerührt werden als du? Ob sie mich gleich durch schwere Beleidigungen bis in die Seele verwundet haben, so soll doch mein edleres Selbst über meinen Unwillen siegen; es ist mehr Würde in großmüthiger Vergebung als in Rache; da sie bußfertig sind, so habe ich meine ganze Absicht erreicht; geh, erledige sie, Ariel; ich will meine Bezauberungen brechen, ich will ihre Sinnen wieder herstellen, und sie sollen wieder seyn, was sie gewesen sind.

Ariel.
Ich will sie herbeyführen, mein Gebieter.

(Er geht ab.)

Zweyte Scene.

Prospero. Ihr Elfen der Hügel, der Bäche, stehenden Seen
und Hayne, und die auf Sandbänken mit leichtem Fuß den
ebbenden Neptun zurükstossen, und ihn fliehen, sobald er
wiederkehrt; ihr kleinen Feen, die beym Mondschein im
Gras die kleinen sauren Ringe machen, von denen das
Schaaf nichts abfrezt; und ihr, deren Zeitvertreib ist,
Mitternachts-Schwämme zu machen; die sich freuen den Ruf
des feyrlichen Nachtwächters zu hören; durch deren Hülfe
(so schwach ihr auch seyd) ich die mittägliche Sonne
verfinstert, die widerspenstigen Winde herbeygenöthiget,
und zwischen der grünen See und dem azurnen Gewölbe
heulenden Krieg erregt habe; dem fürchterlich rasselnden
Donner gab ich Feuer, und entwurzelte die Eiche Jupiters
mit seinem eignen Keil; ich machte die Grundfeste der
Vorgebürge zittern, und raufte die Fichte und die Ceder mit
den Wurzeln aus: Gräber thaten auf meinen Befehl ihren
Rachen auf, und liessen ihre Schläfer hervor, die meine
mächtige Kunst erweket hatte: Aber alle diese rauhe
Zauberkunst schwör ich hier ab, und wenn ich vorher eine
himmlische Musik befohlen haben werde, wie ich izt thue,
(ihre von jenem magischen Donner gelähmten Sinnen
wieder herzustellen), so will ich meinen Stab zerbrechen,
ihn etliche Klafter tief in die Erde vergraben, und tiefer als
jemals ein Senkbley fiel, mein Zauberbuch im Meer
versenken.

(Man hört eine feyrliche Musik.)

Dritte Scene.

(Ariel geht voran; ihm folget Alonso mit den Gebehrden

eines von Schwermuth verrükten Menschen, von Gonsalo
geführt, hierauf Sebastiano und Antonio auf gleiche Weise,
von Adrian und Francisco geleitet; sie gehen in den Cirkel
den Prospero vorher gemacht hat, und bleiben da bezaubert
stehen. Indem sie kommen, fangt Prospero an.)

Prospero. Die Magische Gewalt der Harmonie, der besten
Arzney für eine zerrüttete Phantasie, heile dein izt
untüchtiges Gehirn—hier bleibt unbeweglich stehn!—
Rechtschaffner Gonsalo, ehrwürdiger Mann, meine Augen
schmelzen, von den deinigen erschüttert, in sympathetische
Tropfen.—Die Bezauberung lößt auf einmal sich auf; und
wie der Morgen, die Nacht überraschend, die Finsterniß
hinwegschmelzen macht, so fangen ihre aufgehenden
Sinnen an, die betäubenden Nebel zu verjagen, die ihre
Vernunft umhüllen—O! mein guter Gonsalo, mein wahrer
Erhalter, und ein redlicher Diener dessen dem du folgest; ich
will, wenn wir wieder zu Hause sind, deine Wohlthaten
beydes mit Worten und Werken bezahlen.—Du, Alonso, du
bist höchst grausam mit mir und meiner Tochter
umgegangen; dein Bruder war ein Beförderer der bösen
That, und wird izt dafür an Leib und Gemüth gefoltert; Ihr,
mein Bruder, der seiner Herrschsucht Natur und Gewissen
aufopferte, der mit Sebastian seinen König hier ermorden
wollte; ich vergebe dir, so unnatürlich du bist!—Ihre
Denkungskraft fängt an zu schwellen, und die
wiederkommende Fluth wird in kurzem das Gestade der
Vernunft anfüllen, das izt faul und sumpficht ligt—Noch ist
nicht einer unter ihnen, der mich ansehen darf, oder mich
erkennt—Ariel, hole mir meinen Hut und meinen Degen in
der Celle; ich will mich ihnen in derjenigen Gestalt
darstellen,

(Ariel geht ab, und kommt in einem Augenblik wieder zurük.)

worinn sie mich zu Meiland gekannt haben. Munter, mein Geist; in kurzem sollst du deine Freyheit haben.

Ariel (singt, indem er ihn ankleiden hilft.)
Wo die Biene saugt, saug' ich;
Im Schooß der Primul lagr' ich mich;
Dort schlaf ich, wenn die Eule schreyt;
Ich flieg', in steter Munterkeit,
Fern von des Winters Ungemach
Dem angenehmen Sommer nach;
Wie frölich wird künftig mein Aufenthalt seyn
Unter den Blüthen im düftenden Hayn!

Prospero. Gut, das ist mein artiger Ariel; ich werde dich vermissen, aber doch sollst du frey seyn. So, so, so; izt, unsichtbar wie du in deiner eignen Gestalt bist, zu des Königs Schiff; dort wirst du die Schiffleute im Raum schlaffend beysammen finden. Weke sie, und nöthige sie hieher; aber hurtig, ich bitte dich.

Ariel. Ich trinke die Luft vor mir, und bin wieder da, eh euch der Puls zweymal schlägt.

(Er geht ab.)

Gonsalo. Lauter Schreknisse, Verwirrung, Wunder und Erstaunen wohnen hier; möge uns irgend eine himmlische Macht wieder aus diesem fürchterlichen Lande führen!

Prospero. Siehe hier, o König, den ungerechter Weise gekränkten Herzog von Meiland, Prospero: Dich desto besser zu versichern, daß ein lebender Fürst izt mit dir spricht, umarme ich dich, und heisse dich und deine

Gesellschaft von Herzen willkommen.

Alonso. Ob du Prospero bist, oder irgend ein bezaubertes Phantom, (wie ich kürzlich selbst war,) das meine Augen täuschet, weiß ich nicht; dein Puls schlägt, wie eines würklichen Menschen, und seit ich dich sehe, nimmt die Bangigkeit des Gemüths ab, worinn mich, wie ich fürchte, eine Beraubung der Vernunft sezte; wenn diese Dinge anders würklich sind, so muß die Geschichte davon höchst seltsam seyn—Ich gebe dir dein Herzogthum zurük, und bitte dich, mir zu verzeihen. Aber wie ist es möglich, daß Prospero leben und hier seyn soll?

Prospero (zu Gonsalo.)
Zuerst, mein alter edler Freund, laß dich umarmen; du, dessen
Redlichkeit so unschäzbar als ohne Grenzen ist.

Gonsalo.
Ob das würklich ist, oder nicht, wollt' ich nicht beschwören.

Prospero. Ihr seyd noch so sehr von einigen Seltsamkeiten dieser Insel betroffen, daß ihr nicht glauben könnet, was gewiß ist. Willkommen, meine Freunde, alle willkommen! Aber ihr, mein feines Paar Herren, wenn ich Lust hätte, so sollte mir's nicht schwer fallen, euch den Unwillen seiner Majestät zu zu ziehen, und zu beweisen, daß ihr Verräther seyd; allein ich will izt keine Geschichten erzählen.

Sebastian.
Der Teufel spricht aus ihm.

Prospero. Nein—Was euch betrift, höchst boshafter Herr, welchen (Bruder) zu nennen meinen Mund schon vergiften würde, ich vergebe dir deine ungeheursten Vergehungen alle

zusammen; aber ich fordre mein Herzogthum von dir
zurük, welches du, wenn du gleich wolltest, mir länger
vorzuenthalten, nicht vermögend bist.

Alonso. Wenn du Prospero bist, so berichte uns, wie du
erhalten worden, und auf welche Weise wir hier mit dir
zusammen kommen, nachdem wir vor drey Stunden an
diesem Ufer einen Schiffbruch erlidten haben, der mich, (o
schmerzliches Angedenken!) meinen Sohn, meinen theuren
Sohn Ferdinand gekostet hat.

Prospero.
Ich bedaure es, Sire.

Alonso. Der Verlust ist unersezlich, und die Geduld selbst
gesteht, daß sie ihn nicht heilen kan.

Prospero.
Ich glaube vielmehr, ihr habt ihre Hülfe nicht gesucht; denn
durch
ihren milden und allesvermögenden Beystand, hab ich einen
gleichen
Verlust mit Gelassenheit ertragen gelernt.

Alonso.
Ihr einen gleichen Verlust?

Prospero. Zum mindsten, der für mich eben so wichtig ist,
und ihn erträglich zu machen, hab' ich weit schwächere
Mittel als ihr zu euerm Trost ruffen könnt; denn ich habe
meine Tochter verlohren.

Alonso. Eine Tochter? O Himmel, möchten sie beyde in
Neapel leben, König und Königin daselbst zu seyn. Damit
sie es seyn möchten, wie gern wünscht' ich selbst in dem
nassen Bette versunken zu seyn, wo mein Sohn ligt. Wenn
verlohrt ihr eure Tochter?

Prospero. In diesem lezten Sturm—Ich merke, daß diese Herren, über unsre unvermuthete Zusammenkunft so erstaunt sind, daß sie ihren Sinnen nicht trauen dürfen, und mit Mühe glauben, daß ihre Augen ihnen die Wahrheit zeigen, und ihre Worte natürlicher Athem seyen. Allein, so mißtrauisch euch die kürzlich erlidtene Beunruhigung eurer Sinne gemacht hat, so wisset doch für gewiß, daß ich Prospero bin; eben dieser Herzog, der von Meiland ausgetrieben wurde, und auf eine wunderbare Weise an diesem Eilande, wo ihr gestrandet seyd, anländete, um der Herr davon zu seyn. Nichts mehr hievon, denn es ist eine Chronik von Tag zu Tag, und nicht eine Erzählung bey einem Frühstük, noch für diese erste Zusammenkunft geschikt. Willkommen, Sire; diese Celle ist mein Hof; ich habe hier wenige Hausgenossen, und ausser demselben keine Unterthanen. Ich bitte euch, schaut hinein; da ihr mir mein Herzogthum wieder gegeben habt, so will ich euch etwas eben so gutes dagegen geben, oder doch wenigstens ein Wunder vor eure Augen bringen, das euch so sehr erfreuen wird, als mich mein Herzogthum.

Vierte Scene. (Die Thüre der Celle öffnet sich, und entdekt Ferdinand und Miranda, die mit einander Schach spielen.)

Miranda.
Mein liebster Herr, ihr spielt mir einen Streich.

Ferdinand. Nein, meine Allerliebste, das wollt ich für die ganze Welt nicht thun.

Miranda. Wenn es Königreiche gälte, ihr würdet gewiß schicaniren, und ich würd' es euch nicht übel nehmen.

Alonso. Wenn das nur eine von den Erscheinungen dieser

Insel ist, so werd' ich einen theuren Sohn zweymal
verliehren.

Sebastian.
Ein erstaunliches Wunder!

Ferdinand. Wenn die Wellen schon drohen, so sind sie doch
mitleidig; ich habe ihnen ohne Ursache geflucht.

(Ferdinand kniet vor seinem Vater.)

Alonso.
O! alle Segnungen eines erfreuten Vaters ergiessen sich über
dich!
Steh auf, und sage wie du hieher gekommen bist?

Miranda. O Wunder! Wie viele feine Geschöpfe sind hier
beysammen! Wie schön ist das menschliche Geschlecht! O
brave neue Welt, die solche Einwohner hat!

Prospero.
Das ist etwas neues für dich.

Alonso.
Wer ist diß Mädchen, mit dem du spieltest? Eure längste
Bekanntschaft kan nicht drey Stunden seyn: Ist es die
Göttin die
uns getrennet, und wieder zusammengebracht hat?

Ferdinand. Sire, sie ist eine Sterbliche, aber durch
unsterbliche Vorsicht, ist sie mein. Ich wählte sie, da ich
meinen Vater nicht zu Rathe ziehen konnte, da ich nicht
einmal denken durfte, einen Vater zu haben. Sie ist die
Tochter dieses berühmten Herzogs von Meiland, von dem
ich so vieles erzählen hörte, eh ich ihn sah; von dem ich ein
zweytes Leben empfangen habe, und den diese junge Dame
zu meinem zweyten Vater macht.

Alonso. Ich bin der ihrige; aber, oh wie wunderlich wird es klingen, daß ich mein Kind um Verzeihung bitten muß!

Prospero.
Haltet ein, Sire; laßt uns unser Gedächtniß nicht mit unangenehmen
Dingen beschweren, die vorüber sind.

Gonsalo.
Das Übermaaß der zärtlichsten Freude ließ mich nicht zu Worten
kommen. Schauet herab, ihr Götter, und lasset eine segensvolle
Krone auf dieses Paar herunter steigen; denn ihr seyd es, die den
Weg vorgezeichnet, der uns hieher gebracht hat.

Alonso.
Ich sage: Amen, Gonsalo!

Gonsalo.
Mußte Prospero von Meiland vertrieben werden, damit seine Nachkommen Könige von Neapel werden möchten! O freuet euch über
alle gewöhnliche Freuden, und grabt es in Gold auf ewig daurende
Pfeiler! In Einer Reise fand Claribella einen Gemahl zu Tunis, und
Ferdinand, ihr Bruder, eine Braut, da wo er selbst verlohren war;
Prospero sein Herzogthum in einer armen Insel, und wir alle uns
selbst, zu einer Zeit, da niemand sein eigen war.

Alonso (zu Miranda und Ferdinand.)
Gebt mir eure Hände.

(Er legt ihre Hände in einander.)

Gram und Kummer umschling' auf ewig dessen Herz, der
euch nicht
Freude wünschet!

Gonsalo.
So sey es, Amen!

Fünfte Scene. (Ariel mit dem Schiffspatron und dem
Hochbootsmann, die ihm ganz erstaunt und erschroken
folgen, zu den Vorigen.)

Gonsalo. O sehet, Sire, sehet, hier sind noch mehr von
unsrer Gesellschaft. Prophezeyte ich nicht, wenn noch ein
Galgen auf dem Lande wäre, so könnte dieser Bursche nicht
ersauffen? Nun, wie? du, der die Gnade selbst über Bord zu
fluchen pflegte, hast du keinen Schwur auf dem festen
Lande übrig? Hast du kein Maul zu Lande? Was giebt es
neues?

Hochbootsmann. Das beste Neue ist, daß wir unsern König
und unsre Gesellschaft gesund wieder antreffen; das nächste
an diesem, daß unser Schiff, welches wir erst vor drey
Stunden dem Sturm preiß gaben, so ganz, so neu und so
wohl getakelt ist, als da wir es zuerst in die See stiessen.

Ariel.
Mein Gebieter, alles das hab ich gethan, seit ich euch verließ.

Prospero.
Mein artiger Taschenspieler!

Alonso. Das sind keine natürliche Begebenheiten; immer
eine wunderbarer als die andre! Sage, wie kamst du hieher?

Bootsmann. Gnädigster Herr, wenn ich dächte, daß ich gewiß wach wäre, so wollt ich versuchen, ob ichs euch erzählen könnte. Wir waren alle in dichtem Schlaf, und, ich weiß selbst nicht wie, alle in den Raum des Schiffs zusammengepakt, wo wir nur eben von einem seltsamen und manchfaltigen Getöse von Brüllen, Schreyen, Heulen, Rasseln mit Ketten, und andern entsezlichen Tönen aufgewekt wurden; auf einmal hörte alles auf, wir sahen unser schönes, königliches Schiff mit seinem ganzen Zugehör, in bestem Zustand; und indem unser Patron von einer Seite zur andern sprang, um es in Augenschein zu nehmen, so wurden wir, mit eurer Erlaubniß, in einem huy, wie in einem Traum, von unsern Cameraden geschieden, und schlaftrunken hieher gebracht.

Ariel (zu Prospero.)
War es wohl gethan?

Prospero.
Recht wohl, mein fleißiger Ariel, du sollst frey sein.

Alonso. Das ist ein so seltsamer Irrgarten, als je ein Mensch betreten hat, und es ist mehr als die Natur zuthun vermag, in diesem Geschäfte; ohne ein Orakel ist es unmöglich, etwas davon zu begreiffen.

Prospero. Mein gebietender Herr, beunruhigt euch nicht, das Wunderbare in diesen Dingen zu ergründen; in kurzem will ich euch bey beßrer Musse alles Stük vor Stük auflösen, was euch izt unbegreiflich ist: bis dahin seyd frohen Muthes, und denkt von allem das beste.

(Zu Ariel leise.)

Hieher, Geist; seze Caliban und seine Gesellschaft in Freyheit;

löse die Bezauberung auf—Wie befindet ihr euch, mein Gnädigster
Herr? Es mangeln noch ein Paar alte närrische Kerls von euerm
Gefolge, die ihr vergessen habt.

Sechste Scene.
(Ariel treibt Caliban, Stephano und Trinculo in ihren gestohlnen
 Kleidern vor sich her.)

Stephano.
Jedermann sorge nur für andre Leute, und niemand bekümmre sich um
sich selbst; denn es ist alles nur Zufall und blindes Glük;
Courasche, du dikwanstiges Ungeheuer, Courasche!

Trinculo. Wenn die Spionen, die ich in meinen Augen habe,
die Wahrheit sagen, so ist das ein hübscher Anblik.

Caliban.
O Setebos, das sind brave Geister, in der That! Wie fein mein
Meister ist! Aber ich fürchte, er wird mich züchtigen.

Sebastian.
Ha, ha; was für Dinge sind das, Antonio? Kan man die um
Geld haben?

Antonio. Ich denk' es; einer davon ist ein Fisch wie sich's
gehört, und vermuthlich feil.

Prospero. Beobachtet nur die Physionomie dieser Bursche,
meine Herren, und sagt dann, ob sie nicht die Wahrheit
redt? Dieses mißgeschaffnen Schurken seine Mutter war eine
Hexe, und eine so mächtige, daß sie den Mond beherrschen,

Ebbe und Fluth erregen, und ihre Befehle über die Grenzen ihrer Macht ausdehnen konnte. Diese drey haben mich beraubt; und dieser Halb-Teufel, (denn er ist ein Bastard von einem Teufel,) machte mit ihnen einen Anschlag wider mein Leben; zween von diesen Gesellen werdet ihr für die eurige erkennen; was dieses Geschöpf der Finsterniß betrift, so muß ich bekennen, daß es mir zugehört.

Caliban.
Ich werde zu Tode gezwikt werden.

Alonso.
Ist das nicht Stephano, mein besoffner Kellermeister?

Sebastian.
Er ist würklich besoffen; woher kriegte er Wein?

Alonso.
Und Trinculo ist so voll daß er wakelt; wo können sie dieses grosse
Elixir gefunden haben, das sie übergüldet* hat? Wie kamst du in
diesen Pökel?

{ed.-* Eine Anspielung auf das (Elixirium magnum), oder trinkbare Gold der Alchymisten. Warbürton.}

Trinculo. Sire, ich bin immer in diesem Pökel gelegen, seitdem ich euch das leztemal sah, ich sorge, ich werd ihn nimmer wieder aus dem Leibe kriegen; ich darf nicht fürchten, daß mich die Fliegen beschmeissen.

Sebastian.
Wie geht's, Stephano?

Stephano.
Rührt mich nicht an, ich bin nicht mehr Stephano, ich bin

lauter
Wunde.**

{ed.-** Bey Durchlesung dieses Stüks muthmaßte ich immer,
daß Shakespear es von einem Italiänischen Scribenten
entlehnt haben möchte, da die Einheiten alle so regelmässig
darinn beobachtet sind, welches ausser den Italiänern,
damals keine andre dramatische Poeten thaten, und welches
unser Autor nirgends als in diesem Stük gethan hat, nichts
zu gedenken, daß die Personen dieses Stüks alle Italiäner
sind. Ich wurde in dieser Vermuthung noch mehr bestärkt,
wie ich auf diese Stelle kam.

Ein Spaß soll darinn ligen, das ist klar; aber wo er ligt, ist
schwer zu sagen. Ich vermuthe, es war ein Wortspiel im
Original, das sich nicht übersezen ließ; vielleicht hieß es, ich
bin nicht (Stephano, sondern Staffilato,) indem dieses Wort
im Italiänischen einen bedeutet, der wol zerkrazt und
zerstochen ist, welches würklich der Fall war, worinn sich
diese Bursche im 4ten Aufzug befanden. — In (Riccoboni's)
Verzeichniß Italiänischer Schauspiele, befinden sich auch: (Il
Negromante di L. Ariosto, prosa e verso), und (Il
Negromante Palliato di Gio-Angelo Petrucci, prosa.) Ob aber
der Sturm aus einem von diesen beyden entlehnt seyn mag,
kan ich nicht sagen, da ich sie nicht gesehen habe.
Warbürton. Der Übersetzer würde erfreut seyn, wenn er
seinen Lesern über diesen Punct aus dem Wunder helfen
könnte; da er aber hiezu keine Gelegenheit gehabt, so ist
alles was er sagen kan, daß wenn auch Shakespear die Idee
und die Anlage dieses Stüks aus einem Italiänischen
genommen hätte, es schwerlich auf eine andre Art
geschehen sey, als wie man vom Milton sagen kan, daß er
das verlohrne Paradies aus einer Italiänischen Comödie von
Erschaffung der Welt entlehnt habe.}

Prospero.

Und doch wolltest du König über diese Insel seyn, Schurke.

Stephano.
So würde ich ein siecher König gewesen seyn.

Alonso (auf Caliban deutend.)
Das ist ein so seltsames Ding als ich je eines gesehen habe.

Prospero.
Er ist so ungestalt in seinen Sitten als in seiner Bildung. Geh,
Schurke, in meine Celle, nimm deine Cameraden mit dir, und räume
alles hübsch auf, so lieb dir deine Begnadigung ist.

Caliban. Ja, das will ich; und ich will künftig gescheidter
seyn, und mich um eure Gnade bemühen. Was für ein
dreyfach gedoppelter Esel war ich, diesen besoffnen Kerl für
einen Gott zu halten, und diesem dummköpfigten Narren
Ehre zu erweisen?

Prospero.
Geh deines Weges.

Alonso.
Fort, und thut euern Trödel wieder hin, wo ihr ihn
gefunden habt.

Prospero. Sire, ich lade Euer Majestät und euer Gefolg in
meine arme Celle ein, um darinn diese einzige Nacht
zuzubringen, wovon ich euch einen Theil mit Gesprächen
vertreiben will, deren Inhalt euch, wie ich hoffe, keine lange
Weile lassen wird; mit der Geschichte meines Lebens, und
den besondern Umständen, die sich, seitdem ich in diese
Insel kam, zugetragen haben. Morgen will ich euch alsdann
auf euer Schiff bringen, und so nach Neapel, wo ich
Hoffnung habe, die Vermählung dieser unsrer geliebten

Kinder feyrlich begangen zu sehen, und dann nach Meiland
zurük zu kehren, wo jeder dritter Gedanke mein Grab seyn
soll.

Alonso. Mich verlangt mit Ungeduld die Geschichte euers
Lebens zu hören, welche nicht anders als voll
ausserordentlicher Sachen seyn kan.

Prospero. Ich will euch alles entdeken, und verspreche euch
eine ruhige See, glükliche Winde, und so schnelle Seegel,
daß wir eure Flotte bald eingeholt haben wollen—mein
Ariel, das ist deine lezte Arbeit; dann kehr' auf immer frey in
dein Element zurük, und lebe wohl— Folget mir, wenn es
euch gefällt.

(Alle gehen ab.)

Der Sturm, von William Shakespeare,
(Übersetzt von Christoph Martin Wieland).